"단디 그리고 야무지게"
일하고 싶습니다

**일러두기** 이 책은 그동안 지은이가 사회관계망서비스(SNS) 페이스북
과 언론에 기고한 글과 사진, 인터뷰 등을 기본으로 간추려
엮었습니다. 일부의 글과 사진은 이 책을 위해 새롭게 집필하고 제공한
것입니다.

"단디 그리고 야무지게"
# 일하고 싶습니다

1판 1쇄 인쇄  2020년 1월 3일
1판 1쇄 발행  2020년 1월 10일

**글쓴이** 양문석
**펴낸이** 조윤숙
**펴낸곳** 문자향
**신고번호** 제300-2001-48호
**주소** 서울 양천구 목동서로 186 성우네트빌 201호
**전화** 02-303-3491
**팩스** 02-303-3492
**이메일** munjahyang@kakao.com

**값  20,000원**
**ISBN** 978-89-90535-59-7  03810

※잘못된 책은 본사나 구입하신 서점에서 교환해 드립니다.

# "단디 그리고 야무지게"
# 일하고 싶습니다

## 양문석

문자향

# "딱 이 만큼이 '양문석'이다"

책을 낸다는 것은 즐거운 일이다. 글을 쓴다는 것은 행복한 일이다. 하루에 18시간 동안 꼼작하지 않고 글을 쓰기도 했다. 아직도 내겐 글 쓸 열정이 온전함을 확인하는 순간도 있었다. 그러나 항상 그렇듯이 탈고하고 나면 즐겁고 행복한 시간이 아니라 평가의 시간이 된다. 자신감이 떨어진다. 과연 이런 신변잡기적인 글을 책으로 묶어도 될까?

참 좋아하는 작가가 있다. 그의 소설 백 여 권을 거의 다 읽었다. 〈밤의 대통령〉, 〈황제의 꿈〉, 〈강안남자〉 등 연속 밀리언셀러를 만든, 현존하는 한국 최고의 대중소설 작가 이원호. 10여 년 전 한겨레신문에서 이원호 작가 인터뷰 기사를 기억해내 찾아봤다.

– 대중소설가의 정체성은 뭐라고 생각하세요?

"황석영씨나 이문열씨가 백화점에 매장 가진 사람들이면 저는 좌판 들고 돌아다니는 행상 비슷해요. 행상치곤 좌판

이름이 알려지긴 했죠. 그래도 대중소설가여서 아직 매장은 못 열었구만요."

— 인천공항 서점에서 가장 책이 많이 팔리는 소설가라고 들었습니다.

"제 책이 킬링타임용이니까요. 도착지 공항에 가보면 쓰레기통에 다 읽고 버린 제 책이 많을 거라고 농담하곤 합니다. 잘 팔리는 책, 재미있는 책을 만들어야겠다, 장사를 해야겠다는 마인드가 강해요."

감히 이원호 작가의 흉내를 내는 것 자체도 태양에 반딧불 대는듯한 어불성설이지만. 이 책을 정의하자면 나도 이원호 작가의 흉내를 내고 싶다. 문단에서 황석영, 이문열의 반열에 있는 정치권 유명 정치인들의 책과 비교하지 마시라. 유명 정치인들의 책은 밑줄 치며 외우고 주석을 달며 대한민국이 가야 할 방향에 영감을 얻을 수 있는 수준이라면 나의 이 책은 킬링타임용이고, 다 읽고 나면 소장의 가치보다 소일거리의 가치라도 있기를 기대해야 할 책이다.

통영·고성에 활동하는 정치인 양문석의 삶, 54년의 역사를 에피소드 중심으로 엮었다. 온통 '자기자랑'이다. 그래서 홍보용이다. 종종 문단의 황석영 레벨인체 정치권의 의미 있는 정치인 흉내를 내보려는 치기어린 글들이 곳곳에 박혀있어 불편하다. 이원호 작가가 말했듯이, 장사해야겠다는 마인드가 그 밑바닥에 깔린 책이다.

하지만 언젠가는 이문열처럼, 황석영처럼 꽤 괜찮은 백화점 표 책을 출간할 것이라는 꿈마저 없는 건 아니다. 독자들이 밑줄 치며 외우고 해설 달며 대한민국이 나아가야 할 방향에 영감을 줄 수 있는 책을 엮어 볼 욕심조차 버린 건 아니다.

지금은 딱 이 만큼이 '양문석'이다. 몇 장이라도 넘기는 시늉이라도 해주시길 기대한다. 훑어보고 사진이라도 구경해 주시길 기대한다.

2019. 12. 25.
성탄절 오후 무전동 집에서
양문석 드림

# 걸어온 길

| 10대 |

- 경남 통영 북신동 출생
- 통영 유영초등학교 졸업
- 통영동중학교(현 통영동원중) 졸업
- 진주 대아고등학교 졸업

| 20대 |

- 성균관대학교 유학대학 유학과 졸업
- 성균관대학교 대학원 신문방송학과 언론학 박사

| 30대 |

- 성균관대학교, 동국대학교, 순천향대학교, 한신대학교 등
  대학강사
- 전국대학강사노동조합 위원장
- 전국언론노동조합 정책위원
- 경향신문 〈미디어비평〉 칼럼 연재

## |40대|

- 한국교육방송공사(EBS) 정책위원
- 〈미디어오늘〉 논설위원
- 〈출발! TBS DMB 양문석입니다〉 진행
- CBS 시사자키 〈양문석의 세상시비〉 고정 패널
- (사)공공미디어연구소 소장
- 방송통신위원회 상임위원(차관급)

## |50대|

- SBS, MBC, MBN, 채널A, TV조선, 연합뉴스TV 정치평론 고정 출연(전)
- 더불어민주당 경상남도당 부위원장(전)
- 문재인 대통령 후보 통영시 선거대책위원회 공동위원장(전)
- 강석주 통영시장 후보 선거대책본부장(전)
- 더불어민주당 정책위원회 부의장(현)
- 제20대 통영·고성 국회의원 보궐선거 출마
- 더불어민주당 통영·고성지역위원장(전)
- 대통령직속 국가균형발전위원회 국민소통 특별위원(현)

# 차례

# ■1부

## '양문석은 누구인가' 셀프 인터뷰

'문석적 작가' 시점 15문 15답
양문석이 생각하는 정치란

# '문석적 작가' 시점 15문 15답

## " 1994년 12월 17일, 서영희와 결혼하다

결혼 예물로 달랑 5만 원짜리 시계와 3만 원짜리 금반지를 2개씩 사서 나눠 갖고 시작한 결혼생활이 벌써 26년이 지났다. 1989년 1월에 같은 대학에서 만나 지금까지 같이 살아준 아내 서영희 씨에게는 "미안해"라는 말밖에 남길 게 없다. 결혼 직후부터 양문석의 아내로 파란만장한 삶을 어쩔 수 없이 살아내야 했던 사람이다. "

# 통영 북신동 106번지에서 태어나다

종종 시장통에서 듣는 질문이다. "양문석씨! 오데요?" 처음에는 약간 어리둥절했다. "오데요?" 때문이다. 고향을 묻는 것이다. "통영입니다."라고 대답하면 "남해라는 이야기도 있고, 고성이라는 이야기도 있어서~ 통영 맞네~"하신다. 통영시 북신동 106번지, 지금의 북신동 해모로 아파트에서 태어났다. 정확히는 유영초등학교 본관 바로 뒤쪽이 태어난 곳이다.

남해와 고성도 연고지이긴 하다. 할아버지가 남해출신이다. 할머니가 산양읍 삼덕출신이고. 할아버지가 통영으로 장가를 온 것이다. 고성은 어머니 고향이다. 고성군 거류면 가려리, 지금의 고성 소가야교회가 있는 곳이 어머니의 고향이고, 통영으로 시집왔다.

맨날 밖에서 얻어맞고 들어오는 형을 보기 안타까워한 어머니가 하나님께 "싸움 잘 하는 아들 하나 더 주십시오. 꼭 목사로 만들게요."라며 '서원기도'를 해서 낳은 부모님의 둘째 아들이다.

초등학교 입학 직전, 1974년 전 세계의 경제침체를 불러온

'오일쇼크'는 사치재로 분류되었던 나전칠기 산업에 치명상을 가했고, 많은 나전칠기 장인들이 나전칠기를 떠난다. 그만두 기도 하고, 대도시로 나가기도 하면서 통영의 나전칠기 산업 은 급격히 기울어지기 시작한다. 초등학교, 중학교 졸업하고 곧장 취직하던 많은 사람들은 통영의 대표적인 산업인 나전칠 기 공장이나 철공소로 들어갔는데, 그 중 하나인 나전칠기 공 장은 더 이상 통영의 대표산업으로서의 지위를 상실한다. 우 리 집 역시 나전칠기 공장이 빚더미에 허덕이다가 결국 문을 닫는다. 그리고 나전칠기 공장 사장 사모님이었던 어머니는 보따리 이고 다니며 옷장사를 시작한다.

## 유영초등학교, 통영동중학교에서 공부보다 운동을 더 좋아하던…

1973년에 유영초등학교에 입학해서 1979년에 졸업했다. 유 영 33회. 초등학교 3학년 때 담임선생님이 유영축구부에 넣 어줄 정도로 축구를 좋아했다. 하지만 초등학교 3학년이 소화 하기엔 훈련이 벅찼던 모양인지 얼마 있지 못했다. 4학년에 다시 유영 축구부에 들어가서 5학년부터는 학교 대표로 각종 경기에 나섰다. 당시 충무시 대표 선발전에서 유영초가 우승, 소년체전 경남 예선 대회에 출전하게 되어 태어나서 처음으로 마산, 진해, 진주를 가보는 행운도 얻었다. 포지션은 당시 표 현으로 레프트링커, 요즘 표현으로 왼쪽 미드필더. 왼발, 오 른발 다 사용하며, 특히 왼발을 오른발처럼 사용하는 선수였다. 지금은 오른발로도 제대로 공을 못 맞추는 수준이지만.

같이 공을 찼던 친구들 대부분이 축구부가 있는 통영중학교로 진학했는데, 나는 축구부가 없는 통영동중으로 진학했다. 또래 친구들보다 월등히 공을 잘 찼으면 계속 축구를 했을 텐데, '그저 그런 선수'임을 일찍이 자각하고 공부를 많이 시키는 동중으로 진학한 것이다.

중학교에 진학한 후에도 나는 '운동권'이었다. 중학교 2학년 때부터 당시 충무시 종합체육대회에 축구, 씨름, 핸드볼, 육상 등 4종목에서 선수로 뛰었다. 전업 축구선수들로 구성된 통영중과 경기에서 아마추어인 통영동중이 선제골을 넣었다. 운 좋게 골을 넣은 주인공은 양문석이었고, 비운의 통영중 골키퍼는 지금도 당시 골 허용으로 놀림을 당하고 있는 친구 윤태였고, 통영중 주장은 천수였다. 그 경기 직후 통영중 축구부에서 스카웃 제의가 들어왔으나, 축구할 엄두가 나지 않아 거절했다.

중학교 2학년과 3학년 때까지 씨름선수로 소년체전 경남예선에 출전했다. 당시 마산씨름과 진주씨름이 양분되어 있었고, 마산상고의 이만기 선수, 진주상고의 최욱진 선수들이 전국대회를 휩쓸던 시절. 후에 현대호랑이씨름단 황경수 감독이 마산중, 마산상고 감독이었던 모양. 아버지를 찾아와서 마산중 씨름부로 전학시키라고 권유했으나, 아버지가 거절하셨다. 스카웃하려 했던 이유가 재밌다. 씨름을 잘해서가 아니라, 체격이 좋아서. ㅎㅎ

# 진주 대아고등학교,
# 공부 못하면서 사고치는 아이

대부분의 친구들이 통영고, 통영상고로 진학할 때 나는 또다시 다른 길을 선택했다. 두 가지 이유 때문이었다. 중학교 때 정말 공부 잘하는 친구가 있었다. 거의 전교 1등을 놓치지 않은 녀석이었고, 대학 3학년 때 행정고시를 통과해 지금도 고위공무원을 하는 친구다. 내가 아무리 열심히 공부한다 해도, 그 녀석을 공부로 이길 엄두가 나지 않았다. 나도 1등 하고 싶은데… 다른 또 하나의 이유는 친형이 진주에서 고등학교를 다녔는데, 형이 매주 시외버스를 탈 때마다 너무 부러웠다.

그런데 오판이었다. 1시간30분이 걸리는 통영-진주 간 국도는 비포장도로였고, 어떤 때는 만원버스라 90분을 서서 오가기도 했다. 초기 몇 번은 버스 타는 게 재미있었지만, 힘들고 지루한 버스여행이었다.

또 어찌나 공부 잘하는 놈들이 많은지. 서부경남 즉 진주, 진양, 산청, 합천, 거창, 삼천포, 하동, 남해, 고성, 통영의 공부 좀 하는 녀석들은 다 온 모양. 고등학교 입학 직후 담임선생님이 "중학교 때 한번도 2등을 해 보지 않은 사람 손들어 봐라"고 질문한 적이 있었다. 2등을 못해 본 사람이 아니라 2등을 안 해본 사람이었다. 우리 반은 78명에, 출신 중학교가 50여 개 학교였는데. 30여명이 한번도 2등을 해 보지 않았다고 손을 든다. 중학교 3년 내내 전교 1등만 한 놈 30여명이랑 경쟁해야 했다. 학교 전체로 주간반이 10개 반이었으니, 300명이 1등만 한 녀석들인데… 쩝.

당시에도 서울대학교 몇 명 보내느냐의 경쟁이 치열했다. 인문계 고등학교가 대아고, 진주고, 동명고 3개만 있던 시절이다. 입학 동기들 60여명이 서울대에 진학했다. 반에서 6등만 하면 서울대를 가는데, 나의 공부실력은 명함도 못 내밀 수준이었다.

인문계 고등학교 진학해서 진주시내 고등학교 대항 육상대회에 100미터 선수로 출전하려고 운동하다가 허리를 다쳐 2학년 때 1년 휴학하고, 4년 만에 겨우 고등학교를 졸업했다.

말썽도 많이 피웠다. 우리는 친목써클인데, 학교에서는 자꾸 '불량써클'이라고 한다. 친구들이 분식집에서 미팅하고 외상값을 갚지 않고 도망갔다가 걸려 들어오면 써클 멤버라고 같이 정학당하고. 우리 하숙집 애가 얻어맞고 와서 복수해 주었다고 정학당하고. 요즘말로 학생인권 침해가 너무 심한 사건이 발생해서 공부 잘하는 학생들이 모여 있는 '도서관파' 학생들을 모아 놓고 설득하여 '모의고사 거부투쟁'을 조직했다고 징계받고.

선생님들 눈에는 공부 못하면서 사고만 치고 다니는 학생이었다. 조간자율학습, 야간자율학습 하지 않고, 학교 교실보다 학교 앞 서점이나 학교 근처 만화방에서 더 많은 시간을 보내는 '나쁜 학생'이었다. 장편시리즈 이현세 작가의 〈공포의 외인구단〉, 박봉성 작가의 〈신의 아들〉 〈새벽을 깨우는 사람들〉

을 다보고 나니 졸업이더라. 학교 성적은 전교생 성적순위의
가장 뒷장에서 찾으면 빨리 찾는 수준이었다.

**Q2. 어머니는 51세로 일찍 돌아가셨고, 아버지는 아직 건강하게 살아계신다. 내 기억 속 부모님은 어떤 모습일까?**

습자지 수 십장을 깔아 놓고 나전칠기 디자인을 하시는 아버지 모습, 아주 가는 실톱으로 자개를 캐던 아버지 모습, 교회 구역장으로 금요일 밤마다 땅골, 애꿀, 소전 등을 오가며 구역예배를 이끌던 아버지 모습은 지울 수 없는 행복한 기억이다.

백골, 호마이커 냄새, 옻칠, 자개가루, 줄톱, 아교더미 위에서 살았다. 지금도 통영의 북신동 발깨똥 출신들로 구성된 '쌍새미' 모임이 있다. 유영학교 뒤부터 장골산 자락과 북신만 사이의 쌍새미가 있던 곳까지. 그곳에서 살던 형님들이 매월 9일에 모임을 갖는다. 그 모임에 당시 우리 집 나전칠기 공장에서 일하시던 형님들이 몇 분 계신다. 내가 태어나 걸음마 시절부터 봐 오신, 벌써 70대에 들어선 형님들이 종종 말씀하신다. "니 애릴 때는 참 달구지고 유달았지, 너거 형님은 참 착하고 얌전했는데…"라며 기억의 보자기에서 기분 좋은 옛 추억을 종종 꺼내 놓으신다. 나전칠기 공장 이야기가 나왔으니 말이지, 통영이 나전칠기의 본산인데 제대로 된 박물관 하나 없다. 통영에 국립 나전칠기 박물관을 꼭 건립하고 싶다.

그리고 울 할머니. 내가 신혼여행을 다녀오자마자, 할머니가 돌아가셨다. 결혼식 전부터 혼수상태로 여러 날을 누워계시던 할머니. 아버지도 못 알아보고 눈을 감고 숨만 쉬며 아무 것도 잡수시지 않은 채 혼수상태에 빠져 있던 할머니께 절을 한다. 아버지와 어머니 그리고 아내와 함께 할머니 방에 앉아 "조모 나 신혼여행 갔다 왔어"라고 하니 눈물을 주르르 흘리신 다. 고개를 끄덕이신다. 아버지가 놀라서 "어머이 정신이 좀 듭니까?"라고 묻자 아무런 반응을 보이지 않으신다. 아버지 말씀하시길 "곧 돌아가실 모양이다. 너거들 신혼여행 갔다오 는 거 보고 가실라고 지금까지 기다리신 것 같다"라고. 아버지 말씀을 듣고 설마 했다. 학기말 보고서 마무리하고 바로 내려 오겠다고 말씀드리고 그날 저녁에 서울로 갔다. 그런데 그 다 음 날 형님한테 전화가 왔다. 할머니 돌아가셨다고.

1908년 산양면 삼덕에서 태어나 북신동에서 87년을 사시다 삶을 마감하신 할머니. 평생 전쟁통에 군대 가서 돌아오지 않 는 큰 아들 기다리다가 끝내 큰 아들을 보지 못하고 돌아가신 할머니. 12월의 세찬 추위가 살갗을 에는 듯한 크리스마스 이 브에 북신동 광우그랜드아파트 좁은 앞마당에 천막을 쳤다. 화장했다. 할머니는 산양읍 삼덕항이 내려다보이는 산 위에 영면하셨다.

어머니는 고성군 거류면 가려리에서 태어난 지금의 소가야 교회(전 가려리교회) 출신으로 스무 살에 시집와서 딱 31년 통 영에서 살고 51세로, 그렇게 걱정하시던 아버지를 남겨 두고 생을 마감하셨다. 밤새도록 끙끙 앓다가도 해가 뜨면 언제 그 랬냐는 듯이 벌떡 일어나 아침 차려주고 시장에 나가셨다. 태 풍이 불어도, 홍수가 져도, 추석에도, 설날에도 한결같이 시

장에 나가셨다. 평생 휴가를 즐긴 적 없이 사셨다. 아주 독실한 기독교 신자이면서도 교회에서 주일날은 장사하지 말라고 그렇게 권고하는데도 그것만은 못 지키겠다시며 악착같이 사셨다. 그나마 쉬었던 적은 아파서 병원에 입원할 때 밖에 없었다. 건강이 많이 안 좋으셨다. 어렸을 때부터 항상 아픈 어머니를 보고 자랐다. 내가 결혼한 지 1년도 안 되서 어머니가 돌아가셨다. 할머니 돌아가신지 채 1년도 안되었는데. 3형제 중 우리 막내가 아직 결혼도 안했는데. 어머니 살아생전에 "너거 조모하고, 너거 아부지가 걱정이다. 나보다 먼저 돌아가셔야 하는데~" 입버릇처럼 걱정하시더니… 그래서 설마 했는데, 어머니는 그렇게 짧게 살고 가셨다. 더 이상 어머니 기억 이야기는 하지 못하겠다.

"옴마~ 오늘 밤 내 꿈에서라도 우리 옴마 얼굴 보고 싶다~"

Q3. 목사를 꿈꾸며 대학에 진학했지만, 다시 '운동권'이 되었다, 내 인생 전환의 결정적 계기는?

 ## 폭동이 아니라 항쟁?
## 목사의 꿈을 접고

1986년. 어렵게 성균관대학교 유학대학 유학과에 낙방자최고득점자, 지금 말로 보결로 겨우 성대에 입학했다. 입학 후, 가장 먼저 겪은 사건은 수업시간에 경찰들이 강의실로 쳐들어와서 학생들을 잡아가는 것이었다. 수업 받는 학생들이 온 몸으로 경찰들과 싸운다. 교수는 팔짱끼고 구경하고 있다. 결국 강의실로 도망쳐 온 학생 둘이 경찰에게 개 끌려가듯 끌려간다. 도대체 이게 뭐야…. 4·19 기념 마라톤 대회. 성대 인문과학캠퍼스가 있는 종로구 명륜동에서 수유리 4·19 묘지까지 왕복 마라톤이다. 요즘은 '떼지어 달리기'라고 하더라마는. 경찰들이 처음부터 끝까지 좋게 말하면 보호, 나쁘게 말하면 '포위'한 채 달린다. 수유리 4·19 묘지 앞에서 몇몇 운동권 학생들이 갑자기 구호를 외치고 유인물을 뿌린다. 지체없이 경찰들이 그들을 솎아내어 끌고 간다.

촌놈이 서울 와서 가장 먼저 가보는 곳 중 하나가 종로서점이다. 종로서점 근처에 그 수많은 인파에 놀라고, 또 그 많은 학생들의 가방을 일일이 뒤지는 사복경찰의 폭력적인 검문검색에 놀란다. 무슨 나라가 이래?

양문석 인생에 결정적인 사건은 '광주폭동 대 광주항쟁'의 관점 차이를 확인했을 때였다. 대학에서 동양철학하고, 대학원 석사과정에서 서양철학하고, 박사과정에서 신학을 해서 괜찮은 목사가 되는 것이 꿈이었다. 어머니의 지속적인 "니는 목사가 되어야 한다."는 세뇌교육이 몸 속 깊이 뿌리내려 있던 시절이다.

그런데 폭동이 아니라 항쟁이었고, 폭도가 아니라 국가권력, 군사정권에 의해서 무참히 살해당한 희생자임을 증명하는 수많은 사진과 글, 그리고 광주항쟁 당시 독일 기자가 촬영한 비디오. 얼마나 많은 복제를 했으면 화면이 흐릿해 군인과 광주시민을 겨우 분간할 정도의 화질이었지만, 그 속에서 들리는 음성은 총소리였고, 절규였다.

하지만 선뜻 운동권 대열에 낄 수 없었다. 분명히 가야할 인생길이 있었고, 여전히 흔들림 없이 도서관에서 성경을 해석한 두꺼운 신·구약 주석서를 읽고 있었다. 그리고 함께 입학한 대아고등학교 친구들이 데모 대열에 끼여 있으면 불러서 혼내 주는 역할도 마다하지 않았다.

그러다 갑자기 휴교령이 떨어졌다. 86아시안게임을 서울에서 개최하는데 대학생들이 반대시위를 해서 아예 학교를 오지 못하게 한다. 통영으로 내려와서 작은 기도원(지금의 동원로얄 CC가 있는 곳)으로 갔다. 그곳에서 일주일 동안 칩거하며 어떻게 살 것인가를 궁구하는 시간을 가졌다. 다시 서울로 갔다. 친구들이 최루탄, 사과탄에 부상당하고, 어떤 친구는 화상을 입어 얼굴의 살갗이 거의 다 벗겨져 있기까지 했다. 다시 고민에 고민을 거듭했다. 결국 10월 하순, 당시 운동권 학생들이 주로 읽던 〈철학에세이〉와 〈신약성경〉을 들고 독서실에 들어갔다. 열흘 동안 꼼짝도 하지 않고 읽고, 쓰고, 생각하기를 반복했던 시간이었다.

그리고 11월 3일, 종로의 가두시위부터 나는 운동권이 되었다. '네 이웃을 내 몸과 같이 사랑하라'는 예수님의 명령을, 잘못된 군사정권을 척결하고 새로운 민주국가를 꿈꾸라는 것으로 받아들이고 그렇게 운동권 학생이 되었다. 한신대학교 신학과 교수였던 안병무 교수의 민중신학 대표작 〈더불어함께〉를 통해 남미의 해방신학과 한국의 민중신학의 사명을 더 깊게 이해하면서 신앙적 기반에 선 운동권 학생으로 거듭난 것이다.

그 때부터 잠들기 전, 머리맡에 수첩과 볼펜을 놓고 잤다. 꿈 속에서도 투쟁을 기획하고 논리를 개발하였다. 자다가도 좋은 생각이 떠오르면 손을 뻗어 핵심단어만 적어놓고 잠을 잤다. 한편으로 목사의 꿈을 접기 시작했다. 교회로부터 점점 멀어지는 나의 모습에, 어머니와 가족들의 눈물겨운 기도가 바닥에 흥건해지기 시작한 때이기도 하다.

🌰 에피소드 1.

대학 1학년 여름방학 때 진주를 들러서 통영 오는 진주시외버스터미널에서 대아고등학교 앞 '이현서점' 주인아주머니를 우연히 만났다.

"학생 요새 뭐하노?"

"대학 댕깁니더"

"오데~?"

"성대예~"

"오데라꼬~?"

"성균관대학교예~"

"학생~ 내한테는 실전(진주실업전문대학) 댕긴다케도 된다"

"진짠데예~"

"아이고 차가 출발하네~ 학생 힘내라~ 다음에 보자"

🍵 에피소드 2.

별명이 '찬물'인 고등학교 시절 교감선생님이 재경 대아고 동창회 송년회에 오셨다. 당시 나는 대아고등학교 출신 최초의 차관이라고 선후배들이 팍팍 띄워주며 '자랑스런 대아인 상'을 받는 자리였다. 헤드테이블에 찬물 샘과 회장단들이 앉았는데 갑자기 나를 부르신다. '찬물' 샘 왈,

"니가 지금 차관이라매~ 니 애릴 때부터 나는 니가 크게 될 놈이라고 생각했다~"

푸하하하~ 박장대소가 터졌다. 재경 대아고 선배들은 '찬물' 샘이 나에게 수많은(?) 징계를 때린 장본인임을 잘 알고 있었기 때문이다.

## 군 입대, 잘 키운 방위 하나 열 해병
안 부럽다

1990년. 학교를 휴학하고 통영으로 내려왔다. 유영초등학
교 위쪽에 있던 전교조 통영지회 사무실에서 중학교 3학년 때
담임이신 이석동 선생님과 함께 전교조 통영지회 간사를 맡
아, 도천동 사무실로 이전할 때까지 활동했다. 그리고 신아조
선에서 용접공으로 취업해서 처음으로 돈을 벌기 시작했다.
그러던 중, 39사단에서 단기사병으로 훈련병 생활을 시작, 5
대대 소속 죽림 7중대에 배치돼 수없는 날을 죽림의 홀리골을
오르락내리락 했다. 도산면 분진포에 있는 해안초소 생활을
거쳐 별 사고치지 않고 무사히 소집해제를 명 받았다. 5대대
연병대 건너편 나무 그늘 아래 장기 두던 곳이 있었다. 그 곳
에 있던 장기판에 까만색 매직으로 휘갈겨 쓴 너무나 멋진 문
구가 있었으니, '잘 키운 방위 하나 열 해병 안 부럽다'였다.
1990년 10월부터 1992년 3월까지 만 18개월 복무했다.

# 통영 '충무를 사랑하는 모임'과 강명득 변호사와 인연

통영에 뿌리내리기 위해 '충무를 사랑하는 모임'을 이석동 선생님을 중심으로 구성하고, 광복절 행사도 하며 새로운 시민사회활동의 싹을 틔우려던 시절이다. 한창식 선배가 운영하던 항남동 골목길에 '태백산맥'이라는 주점에서, 우리는 수많은 밤을 지새우며 통영의 민주주의를 고민했다. 그 때 주로 태백산맥에서 밥 먹고, 술 마시며 토론하던 멤버들이 너무 생생하다.

아직도 열혈청년인 고성인터넷신문 한창식 선배, 그 때도 지금도 변함없는 성질머리 유용문, 이벅수, 박지성, 백성호 등 통영수대 풍물패 멤버들, 항상 우체국 앞 비비추 꽃집 앞에서 쪼그리고 앉아서 담배피던 삼성중공업 해고자 고재근 선배, 이석동 선생님의 친한 친구이자 당시 통영체육회 최정규 사무국장, 한산도 죽도출신의 정기홍 선배, 지금 통영고에 재직 중이신 원옥철 선생님, 곽정희 선생님 등 전교조 통영지회 멤버들이 핵심 구성원이었다.

방위생활을 끝내고 본격적으로 사회로 진출할 즈음인, 1992년 초여름. 나중에 국가인권위원회 상임위원을 역임한 강명득 변호사가 추진하던 통영경실련 준비위원회 간사로 활동한다. 문화동 충무교회 옆에 사무실이 있던 강명득 변호사와의 인연은, 통영여고 교장선생님 아들 폭행 사건에서 시작된다.

성균관대학교 출신 한문교사 두 명이 원하지 않는 강제 전출을 당한다. 개인적으로 아주 친한 선배들이었는데 전교조 활동을 한다는 이유로 다른 도시로 쫓겨난 것에 항의하기 위해 통영여고를 방문했다. 한창 교장선생님께 항의하던 중, 교장선생님의 아들이 불쑥 나타나 우리 앞을 가로막는다. 몸싸움이 시작되고 서로 밀치고 당기는 과정에서 교장선생님 아들이 넘어졌다. 얼굴에 멍이 들었더라. 병원에서 진단서가 나왔고, 전치 3주가 떨어졌다.

제3자 개입, 집회 및 시위에 관한 법률 위반, 폭력 등으로 기소되고, 제3자 개입과 집시법은 온 데 간 데 없어지고, 폭력만 달랑 남아 구속된다. 집시법 위반은 양심수지만 폭력만 남으면 폭력배가 되는데… 시청별관 자리에 있던 충무경찰서 구치소에 들어가서 미결수로 갇혀 있을 때, 강명득 변호사가 담당 변호를 맡아 석방시켜 준 인연이다.

1990년 초 당시는, 김영삼 전 대통령이 3당 합당으로 민자당 대표로 가버리면서 통영의 민주주의 세력은 말 그대로 한 줌도 안 되는 상황이었다. 3당 합당 전만 해도 통영의 민주산악회 등과 함께 같이 회의도 하고 연대활동을 모색했지만, 3당 합당 직후부터 민주산악회와 전교조, 그리고 충무를 사랑하는 사람들의 모임이 순식간에 쪼그라들었다.

정치 중립적 시민단체로 전환하려던 충무를 사랑하는 사람들의 모임도 1992년 총선에 한산신문 편집국장 출신 홍순우 선배가 꼬마 민주당으로 출마하게 되어 충무를 사랑하는 사람들의 모임이 해체되고, 대부분 선거운동에 뛰어들게 된다. 콘테이너 박스에 선거사무실을 차린 홍순우 선거 사무실에서 유인물 배포, 투표감시인단 구성, 선거사무실을 방문하는 지지자들 접대 등이 나의 역할이었다.

　그리고 구속과 석방의 과정이 있었고, 강명득 변호사 사무실에서 통영 경실련 준비위원회 간사로 활동을 시작했다. 하지만 통영의 여론은 차가웠고, 젊은 의사들과 뜻있는 지식인들 중심으로 조직을 만들기에는 정세 자체가 너무 좋지 않았다. 통영경실련 준비위원장이었던 강명득 변호사와 실무 간사 양문석이 점차 지쳐갔다. 그리고 결국 나는 통영을 떠나고 말았다.

# 1994년 12월 17일, 서영희와 결혼하다

　1994년 12월 17일, 서울 종로구 대학로에 있는 한국기독교 회관에서 결혼식을 했다. 어머니가 17일로 결혼식 날을 잡았 다고 무지하게 화를 내신다. 통영 장은 2일, 7일에 장이 선다. 장날에 장사해야 하는데 장날에 결혼식 하는 놈이 세상에 어 디 있냐며, 또 하객으로 갈 수 있는 사람들 대부분이 몇 안 되 는 친척들과 충무교회 성도들, 그리고 중앙시장 상인들인데, 중앙시장 상인들이 장날에 서울까지 누가 가겠냐며. "참으로 우리 옴마다운 말씀이시네. 앞으로 절대 장날에 결혼 안할게." 하니까 팥죽 끓듯이 화를 내던 우리 어머니 피식 웃고 만다.

　결혼 예물로 달랑 5만 원짜리 시계와 3만 원짜리 금반지를 2개씩 사서 나눠 갖고 시작한 결혼생활이 벌써 26년이 지났 다. 1989년 1월에 같은 대학에서 만나 지금까지 함께 살아준 아내 서영희 씨에게는 "미안해"라는 말밖에 남길 게 없다. 결 혼 직후부터 양문석의 아내로 파란만장한 삶을 어쩔 수 없이 살아내야 했던 사람이다.

　아버지가 결혼자금으로 2천만 원을 주셨다. 집사람이 교사 생활로 모은 돈 1천만 원을 보태 사당동 총신대학교 앞에 9평짜리 신혼집을 구해서 소꿉장난 같은 결혼생활을 시작했다. 당시 아내는 울산 방어진중학교 교사였다. 우리는 주말부부를 하면서도 서로 지치지 않고 오가며 부부임을 증명했다.

서울에서 대학을 다니던 동생과 함께 동거하는 신혼집은 난장판이었다. 총신대 전도사, 강도사들의 아지트가 우리 집이었다. 거실 없는 방 2개짜리 좁은 집에 많이 잘 때는 10명이 포개서 자기도 하니 신혼집이 온전히 남아날 수가 있나. 하루는 장인장모께서 예고없이 방문하셨는데 기겁을 하시고 그 날부로 전세 빼고 팔자에 없는 '처 없는 처가살이'를 시작했다. 그러다가 처남이 결혼하면서 다시 상계동 군인아파트 11평짜리로 이사해서 독립했다.

**Q6.** 대학 졸업 후, 언론학 석사과정을 마치고 유학을 갔느니, 안 갔느니 소문이 무성했는데, 그 진상을 밝히겠다.

 # 대학원 진학, 험난한 서울생활

1990년대 초반, 고르바초프 대통령이 주도했던 소련의 붕괴로 인해서, 한국의 진보 운동이 극심한 혼란을 겪던 시기, 나는 통영을 떠나 서울로 갔다. 그리고 복학을 한다. 국가보안법 위반자로 취직은 언감생심. 결국 기자가 되고 싶다는 단순한 희망으로 성균관대학교 대학원 신문방송학과 석사로 입학한다. 1994년의 일이다. 석사과정에 입학하자마자 대학강사, 한국방송광고공사 연구보조원, 한국언론연구원(현 한국언론재단) 연구보조원 등으로 뛰며 학비를 번다.


## 미국으로 유학, 그리고 REJECTED

석사학위 논문을 준비하던 중, 어머니가 돌아가셨고, 그 후 유증은 격렬했다. 석사학위 논문을 포기할 지경에 이르렀다. 하지만 그 슬픔을 이겨야 했다. 슬픔을 이겨내기 위해서는 죽어라고 집중해야 했고, 석사학위 논문을 마무리하는데 모든 힘을 쏟았다. 그리고 미국 유학을 결심하고, 미국 시애틀에 있는 워싱턴 주립대학교 박사학위 과정 입학허가증을 받아냈다. 9월 입학인데 3월에 들어와 어학코스를 밟는 조건이었다. 학생비자(F1)는 시간이 걸리니까 일단 관광비자로 들어와서 미국에서 학생비자로 전환하라는 조언까지 친절하게 담당교수가 서신을 보내왔다.

　미국 시애틀 행 비행기에 몸을 실었다. 그 동안 알고 지내던 많은 이들에게 인사를 해야 했고, 많은 선·후배들과 이별주를 마셔야 했다. 출국 전날 술병이 났다. 감기몸살에 오한까지. 10시간에 가까운 비행이 무리였다. 하지만 늦출 수 없었다. 강행했다. 시애틀 공항에 내리는데 정신이 혼미할 지경. 출입국 게이트를 거쳐야 한다. 아무 생각없이 체류기간 6개월을 적었다. 당연히 출입국 직원들이 보면 의심스러웠을 터. 얼굴에 땀을 삐질삐질 흘리는 동양친구가 관광비자를 들고 와서는 6주도 아니고 6개월? 잠시 기다리란다. 화물칸에서 내 짐을 가져오라고 공항경찰에게 지시한다. 거의 1미터에 달하는 내 군용빽이 실려 왔다. 많은 옷가지, 책, 잡동사니가 스멀스멀 기어나온다. 가장 밑바닥에 숨어있던 노트북이 나온다. 노트북 사이에 입학허가증이 나온다. 딱 걸렸다. 불법입국이란다. 공항경찰서로 갔다. 내게 선택지는 두 가지가 있단다. 입국 한 후에 변호사를 사서 비자문제를 해결할래? 아니면 이대로 다시 한국으로 돌아갈래? 하고 묻는다. 잠시 고민하다가 "한국으로 돌아갈게"라고 대답해버렸다.

아내 월급으로는 미국에서 체류비와 학비만 해도 버거운 살림살이. 그런데 뭐? 변호사 비용까지 내면서 비자를 전환하라고? 미국 변호사 비용이 얼마나 비싼데… 차마 아내에게 변호사 비용을 보내달라는 말을 하지 못하겠다. 그러면 어쩌지? 그냥 돌아가자. 돌아가면서 생각하자.

그리고 5시간 만에 한국 가는 비행기 안에 몸을 실었다. 앞이 캄캄했다. 거의 한 달가량을 송별파티를 하고 그 많은 지인들에게 미국 유학 간다고 인사까지 다 했는데, 심지어 통영의 친구들과도 밤 새워 술 마시며 송별회를 하고 올라왔는데. 한국으로 돌아가고 있는 내 심정은 말 그대로 비행기에서 뛰어내리고 싶은 마음이었다. 김포공항 출입국사무소를 거쳐서 들어오는데, 내 여권에 REJECTED라는 벌건 글자 도장이 찍힌 것을 보고, 직원이 경멸어린 시선을 보낸다. 당연하다. 곧바로 고속터미널로 갔다. 울산행 고속버스를 탔다.

차마 아내에게 전화도 못했다. 당시 아내는 울산고등학교 교사로 재직 중이었다. 자취집에 슬그머니 들어갔다. 방 한 칸에 부엌 한 칸. 방문을 스르륵 열었다. "여보~"하고 불렀다. 아내는 말문이 닫혔는지 귀신 보듯 쳐다보기만 했다. 30여 시간 전 김포공항에서 미국행 비행기를 태워 보낸 남편이 울산의 자취방에 모습을 드러냈으니 얼마나 기가 찰 노릇인가.

거의 2개월간 처갓집에도, 우리집에도 알리지 못하고 울산의 아내 자취방에서 숨어 살았다. 아내가 써 준대로 시장가서 반찬거리 사 놓고, 집안 청소하고, 혼자서 멍하니 걷고, 아내가 들어오면 온갖 시중 다 들며 그렇게 2개월을 보냈다. 보다

보다 참다못한 집사람이 서울을 갔다 오더니 캐나다는 비자 없이 들어갈 수 있다며 캐나다 동부의 토론토행 비행기표, 어학원 입학증, 토론토에서 하숙할 집 전화번호를 가지고 왔다.

1996년 그 해 5월 어느 날, 나는 도망가듯 캐나다로 다시 도피유학을 떠났다. 그리고 그 11월 초쯤에 어찌 알았는지 성균관대학교 신문방송학과 석사학위 방정배 지도교수께서 캐나다로 전화를 하셨다. 경북 출신의 지도교수님이 "문석아 씰데 없는 짓하지 말고 귀국해서 성대 신방과 박사과정 진학해라" 하신다.

## 방송 데뷔, 대학강사 해촉, 박사학위 취득의 그 굴곡들

1996년 12월. 성대 신방과 박사과정 시험을 수석으로 입학한다. 두 명 붙었는데 내가 1등.^^ 그리고 5년 만에 어렵게 박사학위 취득하고 졸업. 수석졸업. 우리 과에서 나 한 명 졸업. ㅋㅋㅋ

그 박사과정 5년도 길고도 길었다. 98년에 큰 딸 양서현이 태어났다. 그리고 2000년 1월에 전국대학강사노조위원장 겸 성균대학교 강사노조위원장이 되었고, 그 해 봄, 성균관대학교 600주년 기념관 점거사태가 있었다. 그리고 짤렸다. 시간강사는 해고도 아닌 '해촉'이라는 전문용어를 쓰면서 짜르더라. 동국대로 시간강사 자리를 옮겼다.

박사학위 김정탁 지도교수님도 내 편 들어 주시다가 짤릴 뻔했다. 그 때 김정탁 교수님이 하신 말씀이 있다. "나는 너희들의 투쟁에 반대한다. 하지만 너는 내 제자다. 나라도 니 편 들어줘야 해서 어쩔 수 없이 너희들의 투쟁에 힘을 보탠다."

성균관대학교 재단이 삼성이었고, 당시 삼성이 학교를 운영하면서 각종 편법 행위들이 곳곳에서 발견되면서 기자회견을 해야 했다. 중앙일보 기자출신이고 중앙일보 칼럼리스트였던 김정탁 교수님의 광범위한 언론계 인맥이 총동원되고, 역대 볼 수 없을 정도로 많은 언론사 기자들이 기자회견장에 찾아왔다. 학부 총학생회, 대학원 총학생회, 대학강사노조의 투쟁 방식과 내용에 대해서 신랄하게 비난해도 할 말 없던 시절, 투쟁에 대해서 상당히 부정적인 언론사들의 논조가 그 당시의 기본흐름이었는데도, 우리의 투쟁을 상당히 의미 있는 학생과 강사들의 몸부림으로 읽어주고 대부분의 언론사들이 부정적인 기사보다 '좋은 기사'를 많이 써 주었다. 김정탁 교수님의 덕이다. 김정탁 교수님은 당시 성대 총장으로 유력한 분 중 한 명이었는데, 제자 편들다가…

심지어 그 투쟁의 와중에도 김정탁 교수님이 메인 패널로, 내가 보조 패널로 방송에 데뷔를 한다. KBS 〈시사포커스〉라는 프로그램이었는데 우리나라 방송 사상 최초로 '미디어비평'을 시작한 프로그램이었다. 당시 김정탁 교수님은 한 주 간의 일간지 주요 사설을 비교분석하는 코너를 진행했고, 나는 주요 사건을 시계열 분석으로 시청자들에게 설명하는 코너를 진행했다. 첫 데뷔작은 당시 세상을 떠들썩하게 했던 재미교포 무기중개상 '린다 킴' 사건을 분석하여 방송한 것이다.

이 글을 쓰면서도 참 스스로에게 기가 막힌다. 웃음도 나온다. 아내에겐 미안하다. 아버지와 김정탁 교수님께 죄송하다.

# 만37세, 드디어 학교를 벗어나 사회로~

첫 직장은 전국언론노동조합 정책위원. 박사학위 논문 최종심사 마치는 날. 친한 친구가 내게 전화를 해서 하는 말 "문석아, 언론노조에 와서 같이 일하자."였다. 석·박사 과정 내내 엄청난 학비를 감당하며 오로지 나의 졸업만을 기다리는 아내에게 노동조합에 취직하겠다는 말을 과연 할 수 있을까. 했다. 하면서 약속했다. 나이 마흔이 되면 반드시 제도권 안에 들어가서 돈을 벌겠다고. 3년만 '운동권'으로 남아서 언론개혁에 헌신하겠다고.

내 인생의 가장 전성기가 시작됐다. 거칠 것 없는 질풍노도의 시기다. 석사 2년, 박사 5년의 축적된 내공이 언론비평 관련 칼럼과 발제문, 방송정책 통신정책 관련 칼럼과 발제문을 쏟아내는 시기였다. 매일같이 밤을 새워 글을 쓰고, 거의 매주 각종 토론회에서 발표를 하고, 매번 발표 때마다 언론에 대서특필부터 단신처리까지, 가히 학자로서, 운동가로서 내 인생의 최전성기를 구가한다.

이때부터 방송통신위원회 상임위원으로 들어가기 전까지 약 6년 동안 각종 칼럼, 각종 토론회 발제문, 각종 연구보고서 등을 합치면 보통 책 분량으로 약 200권 가량을 써내고 발표했다. 글 쓰는 것이 행복한 때였다. 한참 쓰다보면 아침 해가 불쑥 떠 올라있고, 컵라면으로 식사를 때우고, 김밥 한 줄로 식사 시간을 줄여가면서. 그렇게 글을 쓰다보면 검은 하늘에 달이 떠 있을 정도로, 해가 뜨는지 지는지 모르고 몰두했다. 아니 몰입이 맞는 표현일 터.

언론노조 시절의 월급은 첫 해 100만원, 둘째 해부터 셋째 해까지 110만원이었다. 아내는 모른다. 3년 내내 100만원 받은 줄 안다. 지금까지. 2002년 4월부터 2004년 12월까지 참 행복한 시간이었다.

2002년 가을에는 양서우, 지금은 우리 집 말썽꾸러기로, 아빠의 고등학교 시절을 연상하게 만드는 놈이지만, 그래도 사랑스런 양서우가 태어났다.

2003년 11월부터 2004년 5월까지 KTV 〈생방송 토론광장〉 메인MC를 맡아 방송진행자로 데뷔하기도 한다. 당시 나에게 진행자 자리를 선뜻 내어주고, 지금도 강석주 통영시장과 양문석을 많이 도와주는 정혁찬 PD가 그 때 했던 말이다. "형님, 우리나라 방송진행자 중에 표준어 구사능력이 가장 떨어지는 MC는 단언컨대 형님일 겁니다."

그로부터 2년 뒤인 2006년 11월부터 교통방송TBS의 〈출발! TBS DMB 양문석입니다〉를 진행하기도 했다. 정혁찬 PD 말마따나 표준어 구사능력이 가장 떨어지는 TV채널의 진행자가 표준어 구사능력이 아주 크게 요구되는 라디오 채널의 진행자까지 맡게 된다. 텔레비전은 시청자들이 얼굴을 볼 수 있고, 말하는 상황과 맥락을 읽을 수 있는 시청각적 매체라서 표준어 구사능력이 좀 떨어져도 괜찮다. 하지만 라디오는 진행자의 발음이 모든 것을 전달하는 핵심이다. 양문석을 진행자로 앉힌 것은, 표준어 구사능력이 늘었거나, TBS PD의 캐스팅 미스, 둘 중 하나일 터.

Q9. 2004년 12월 27일, 드디어 월급 받는 제도권에 취업을 하게 된다. 나의 첫 '정상적인' 취업 도전기는 어땠을까?

 # 드디어 제도권으로, EBS 취직

2004년 12월. 아내와 약속한 3년이 훌쩍 지나갔다. 제도권 진입에 혈안이 되었다. 더 이상 노동운동하는 남편이 아니라 제도권에서 월급 꼬박꼬박 갖다 주는 남편을 학수고대하는 아내에게 약속을 어길 수 없는 상황에 이르렀다.

1970년대 불멸의 히트작 MBC 〈수사반장〉 PD였던 고석만 EBS 사장이 양문석을 EBS로 스카웃해 오라고 정책국장에게 명령을 내렸다며 EBS 정책국장이 집에까지 찾아와 입사원서를 제출해 달라고 조르기까지 하는, '기분 좋은' 기억으로 남아 있는 취업이다.

아내와 3년 약속의 시간은 다가오는데 딱히 갈만 한 곳이 보이지 않던 시기다. 나는 한겨레신문이나 경향신문에 가고 싶었다. 글을 쓰고 싶었다. 취재한 글과 해설하는 글을 쓰고 싶었다. 한데 그 때 한겨레신문은 연봉 높고 경력 많은 기자들을 대거 내보내는 인력재구성 과정이었다. 사실상 인적 구조조정을 하고 있는데 나를 뽑아 달라고 하기가 무척 어려운 상황이었다.

경향신문에 2003년 12월부터 미디어비평 칼럼을 쓰고 있는 중이었고, 당시 신문사로서는 최초의 실험이었던 인터넷 방송 〈언바세바(언론을 바꾸자! 세상을 바꾸자!)〉를 제작하던 때였다. '언론이 바로 서야 세상이 바로 선다'는 슬로건을 전면에 걸고 언론비평 인터넷방송을 자체 제작하여 방송했고, 양문석이 진행자(MC)였다. 칼럼 원고료와 방송 진행비로 경향신문으로부터 매월 120만원을 받고 있던 때다. 나는 월급으로 150만원을 주면 경향신문에 입사할 수 있음을 경향신문 측에 제안했다.

양문석이 취업하려고 여기저기 알아보고 있다는 소문이 업계에 퍼지고 있었다. 2005년이 오기 전에 아내와의 약속을 지키기 위해서 발버둥을 치고 있었기 때문에 당연히 소문이 날 수밖에 없었다. 경향신문의 빠른 의사결정을 압박하고 있었다. 그런데 EBS에서 내 이야기를 듣고 먼저 찾아와 '기분 좋은 스카웃 제의'를 해 온 것이다. EBS 정책위원 자리다. 마음이 흔들렸다.

입사원서를 제출하고 면접 보러 갔다. MBC 출신 권영만 선배가 부사장이었는데, 인사위원장이었다. 첫 질문이 "만약 EBS의 정책적 입장과 양문석 박사의 입장이 충돌하면 어떻게 하시겠습니까?"라는 아주 공격적인 질문이 나왔다. 대답했다. 그런 일은 없을 것이라고. 나는 공영방송주의자이기 때문에 EBS가 가야할 방향과 내가 지향하는 방향이 결코 다르지 않을 것이라고.

두 번째 질문이 "아무리 그래도 만약이라는 전제 하에 EBS와 개인의 입장이 다를 땐 어떻게 할 거냐"가 또 나온다. EBS

인사위원회는 반드시 EBS 경영진의 정책과 양문석의 개인적 소신이 충돌하면 EBS 경영진의 정책을 따르겠다는 대답을 받고 싶은 모양이었다. 결국 나는 아주 공격적 태도로 "일단 조직에 들어오면 그 조직의 입장이 일차적인 게 아닙니까? 뭘 굳이 그런 걸 확인하려고 두 번씩이나 똑같은 질문을 하십니까?" 하며 짜증스럽게 대답했으나 결국 내가 굴복했다.

나는 이 대답을 하기 싫었고, EBS는 그 대답을 받아내야 하는 신경전에서 내가 진 것이다. 그 순간 아내와의 약속은 깡그리 잊어버리고, 더 이상 EBS와는 인연이 없다고 판단. EBS의 지난 10년간 정책과 통계를 동원하여 조목조목 비판했다. 그 동안 EBS의 수신료 정책, KBS와 수신료 배분 문제, 1%미만의 시청률 문제, 광고수익과 출판수익의 불균형성 등에 대해 신랄하고 격렬하게 비판을 이어갔다. 인사위원장 권영만 부사장이 서둘러 면접을 끝내버렸다.

면접을 갔다 오니 언론노조 선·후배들이 면접 잘 봤냐며 관심이 많다. 있는 그대로 이야기해 줬다. 하기 싫은 답변을 강요해서 잔뜩 비판만 해주고 왔다며 떨어졌을 것이라고. 그런데 그 날 저녁 사장 결재가 났다면서 12월 27일부터 출근하라는 전화를 받는다. 그것이 한국교육방송 EBS가 나의 친정이 되는 첫 장면이다. 그리고 나는 아내와의 약속, 2005년에는 제도권 진입이라는 약속을 3일 앞둔 2004년 12월 27일, EBS로 첫 출근을 한다.

##  16개월 만에 EBS 퇴직~ EBS는 나의 친정

언론노조 전임자들끼리 내기가 붙었다. 3개월, 6개월, 12개월. '3개월 있다가 그만 둘 것이다'부터 '12개월 안에 나올 것이다'의 내기다. 13개월 이상은 아예 없었다. 하지만 나는 12개월 만에 사표를 냈다가 반려당하고, 그 후 4개월을 더 다닌 2006년 봄에 퇴사를 했다.

다니기 싫어서 그만 둔 게 아님을 분명히 밝혀둔다. 내가 있음으로 해서 EBS 경영진들이 너무 힘들어 한다는 인상을 받았기 때문이다. 당시 나는 경향신문, 오마이뉴스, 미디어오늘, 시민의 신문 등에 거의 매일 칼럼을 썼다. 주로 EBS의 감독기관인 방송위원회, 문화부, 교육부, 국회의 문화방송체육관광위원회 소속 상임위원들이 나의 실명비판 대상이었다. 칼럼이 나갈 때마다 경영진들에게 항의전화가 쇄도했고, 각종 압박에 시달렸다. 정책본부장이 하물며 "내일 쓸 칼럼의 제목을 오늘 저녁에 좀 가르쳐 주면 안 되겠냐? 우리도 마음의 준비를 좀 할 수 있게 해 주라"라고 하소연을 했다.

그 때 나는 EBS 안에 있으면서 EBS에 도움이 되기보다는 EBS 밖에서 EBS를 도울 수 있는 가능성이 높다고 판단하고 아내에게 의논을 한다. 2006년 4월 어느 날. 방에서 아내에게 "여보, 나 그냥 EBS 그만 두면 안 돼?"라고 묻는다. 집사람 대답이 단호하다. "안 돼! 우리 집 산다고 2억 대출 받았는데, 당신이 매년 1천만 원씩 10년을 갚고, 내가 1천만 원 10년을 갚아야 해~ 50세가 될 때까지는 그냥 다녀~"라고. 다시 내가 묻는다. "여보~ 그냥 당신이 20년 동안 갚으면 안 될까?" 갑자기 집사람이 박장대소를 하며 웃는다. 하도 기가 차서 웃었을 것이다. "그렇게 다니기 싫어?" "응~" "알았다. 내일 사표 내~" "고마워" 하고 다음 날 사표를 냈다.

그리고 나는 그 때부터 지금까지 EBS와 관련된 일이라면 그 무엇보다 우선적으로 살펴보고, 도와줄 수 있는 것이 있으면 도우려고 노력하고 있다. 나의 친정이니까.

# 언론연대 사무총장, 월급은 없다~

EBS를 퇴직한 후 전업 글쟁이가 되려고 여러 곳을 타진한 결과, 〈미디어오늘〉에서 좋은 조건을 제시했다. 매주 칼럼 한 편, 격주로 지면 2면에 걸쳐 방송과 통신 정책의 쟁점 해설과 인터뷰 기사 쓰기. 월 원고료 200만원. 이 정도면 방송출연과 각종 토론회 발제비, 토론비 등을 합치면 생활에는 문제가 없을 것 같았다.

그런데, 당시 전국언론노동조합 신학림 위원장이 집으로 전화를 했다. 좀 만나자고. 만났다. 대뜸 언론개혁시민연대 사무총장을 맡으란다. 안한다고 했다. 나는 더 이상 '운동권' 안하고 그냥 미디어비평가로서 살아보려고 한다고 했다. 신학림 위원장이 한 마디 더 던진다. "양박이 안 맡으면 언론개혁시민연대 문 닫을 거야. 그리고 맡아도 월급 줄 돈은 없어."

광화문 한국프레스센터 18층에 언론노조 사무실과 언론개혁시민연대 사무실이 같이 있다. 그동안 언론노조가 언론개혁시민연대의 최대 후원자였다. 그런데 나보고 사무총장 맡으라면서 월급을 안 준단다. 헐~. 지금 생각하면 신학림 위원장의 작전에 넘어간 것인데, 월급으로 나의 오기를 자극한 것이다. 오기로 "알았어요. 내일부터 출근할께요." 그래서 언론개혁시민연대 사무총장으로 다시 운동권으로 돌아온다. 학생운동에서 노동운동으로, 이제는 시민운동으로 돌아온 것이다. 사무실에 출근하니 간사 한 명이 전부다.

〈프레시안〉 2006.10.16

한 때 언론개혁시민연대는 언론운동의 양대 산맥으로써 민언련(민주언론시민연합)과 어깨를 나란히 했다. 그런데 몇 년 사이 언론개혁시민연대는 어쩌다가 한 번씩 회원 단체들이 회의나 한 번씩 하는 곳으로 전락하고, 월수입이 1백만 원도 되지 않는 초라한 단체로 전락해 있었다.

일단 조직보강작업을 서둘렀다. 현재 정의당 국회의원으로 활동하고 있는 추혜선, 현재 공공미디어연구소 소장으로 활동하고 있는, 2002년부터 나와 함께 일했던 당시 언론학 석사 김동준, 성대 유학과 후배이자 성대 대학원 총학생회 사무국장을 했던 김정대 등을 급히 불러 모았다. 그리고 베테랑 간사 임연미와 함께 5명이 언론개혁시민연대의 약칭이었던 '언개련'을 '언론연대'로 바꾸고 본격적인 언론운동의 중심에 뛰어들었다.

2006년 여름부터 시작된 새로운 도전은 '종편채널 도입'관련 논쟁, IPTV 도입 논쟁, 노무현 대통령의 관공서 기자실 축출 논쟁, 한미FTA 방송통신시장 개방 논쟁, 케이블TV와 스카이라이프 간 채널 갈등 문제 등 매일같이 이슈가 쏟아져 나오고, 추혜선은 기획, 김정대는 투쟁, 김동준은 논리개발, 임연미는 세세한 실무를 맡아 힘차게 진보하기 시작했다.

가을부터 나는 〈미디어오늘〉 논설위원에 위촉되어 본격적인 글쓰기를 시작했고, 각종 현안에 대한 발제, 토론, 인터뷰 등에 눈코 뜰 새 없는 시간이 계속되었다. 우리와 정책이 다르면 연구용역을 하지 않는다는 원칙을 지키면서.

## 삼성을 제대로 비판하는 언론이 필요하다

〈미디어오늘〉에서 삼성그룹 비판기사를 두고 사내 갈등을 겪었던 후배 기자 3명이 찾아 왔다. 삼성그룹을 제대로 비판할 수 있는 언론사를 만들자고 제안한다. 그 자리에서 바로 승낙하고 창간 준비팀을 꾸렸다. 그리고 2007년 가을에 드디어 인터넷신문 〈미디어스〉를 창간한다. 지금도 대표를 맡고 있는 안현우를 초대 미디어스 대표로, 한겨레신문 출신 베테랑 기자 안영춘을 초대 편집국장으로 포진하고, 미디어오늘에서 넘어온 3명의 기자와 지금 한겨레21에서 특종을 곧잘 잡아내고 있는, 당시 문화연대 활동가였던 김완, 김형진, 권순택을 보강하고, 어엿한 IT회사를 잘 다니고 있던, 지금 공공미디어연구소 사무국장 윤희상을 총무국장으로 데려온다.

그리고 첫 영업을 시작한다. 바로 삼성그룹이었다. 당시 삼성그룹 구조본(구조조정본부) 전무를 직접 찾아간다. "삼성그룹을 정확하게, 아프게 비판할 수 있는 인터넷신문을 다음 주 월요일 창간할 예정입니다. 광고 좀 주세요." 전무의 표정이 묘하다. 전무 특유의 표현방식인 "아~ 양프로 왜 그래?" 그래서 창간 경위를 간단히 설명하고 광고를 부탁했다. 액수도 합의

〈주간경향〉 2010.11.25

했다. 월요일 오전 구조본 회의에서 최종결정해서 통보해 주기로 약속을 받았다. 그 날이 금요일 오후였다. 이틀만 있으면 창간이고, 창간 기념기사가 쏟아 질 것이다. 헐~ 월요일 아침 미디어스 창간 기념 기사는 진짜 삼성을 비판하는 기사네~. 소위 말하는 '김용철 변호사 사건'이다. 삼성의 구조본에서 법률전문가로 활동하던 김용철 변호사가 삼성그룹의 심장을 찌른 폭로 직후 잠적했던 때였다.

언론개혁 운동한다는 놈이 언론사를 창간하면 어떤 고통이 뒤따르는지, 그리고 두고두고 언론사를 창간한 것을 후회했던 첫 갈등이 창간 첫날부터 시작됐다. 안현우 대표한테 전화를 했다. "안현우 대표, 삼성 광고 받고 나서 조지면 안 돼? 지난 금요일 오후에 나 혼자 삼성 찾아갔냐. 안 대표는 안 갔냐. 대표라는 사람이 도대체 왜 이래!" 고래고래 고함을 쳤다. 나도 이미 기성언론의 사주처럼 행동하고 있었던 것.

그러면서 "삼성 광고는 물 건너갔고, 무조건 김용철 찾아내! 김용철 인터뷰 기사 이번 주중에 안 올리면 끝이야~!" 나와 지금까지 33년을 같이하고 있는 동지이자 2년 대학후배인 미디어스 대표 안현우는 그렇게 미디어스 대표를 맡고 난 첫날부터 나에게 욕이란 욕은 다 먹었다. 그런데 기적이 일어났다. 정말 미디어스 기자들이 양평의 어느 산 속에 칩거해 있는 김용철을 찾아냈다. 만났다. 인터뷰했다. 창간 후 3일 만에 잠적한 김용철 변호사와 최초 인터뷰 기사가 미디어스를 통해서 세상에 알려진다. 특종이다. 많은 언론들이 〈미디어스〉를 인용하기 시작한다. 김용철 변호사 사건은 타는 불에 휘발유를 끼얹은 것처럼 들불처럼 타오른다.

경기민주시민언론연합
10주년 기념강연

〈경향신문〉 2010.12.21

**Q13.** 이명박 정부 때 미디어법 반대 투쟁의 대명사로 양문석이 거론된다. 성과만큼 개인적으로 가장 힘들었던 시기이기도 했다. 많이 고달팠던 그 시기의 기억들…

 ## 공공미디어연구소 창립. 종편채널 저지, 미디어법 반대 투쟁으로

2008년, 이명박 정부가 들어섰다. 실용주의 정부라 칭해 달라며 의욕적으로 출범을 했다. 그 해 나는 다시 새로운 도전을 시작했다. 공공미디어연구소 창립이 그것이다. 투쟁기관으로 언론연대, 선전기관으로 미디어스를 장착했다. 이제는 정책기관으로 연구소가 필요했다. 그래서 방송통신위원회가 출범한 날 2008년 봄. 바로 그 날에 방송통신위원회를 견제하기 위한 공공미디어연구소 창립식을 거행했다. 청와대 턱 밑인 정독도서관 근처, 한옥가옥을 전세로 얻어 의욕적으로 출범했다. 공공미디어연구소와 〈미디어스〉가 북촌의 한옥가옥으로 들어오고, 언론연대는 여전히 프레스센터 18층에서 긴밀한 협업플레이를 하면서 MB정부 초기 종합편성채널 도입을 위한 미디어법 개정 반대투쟁 최선봉에 서게 된다. 투쟁은 대가가 따른다. 정권으로부터 압박이 시작된다.

검찰 내사, 청와대 민정수석 내사, 안기부(현 국정원) 내사 등 등 곳곳에서 양문석을 내사한다는 정보와 첩보가 쇄도한다. 우리 연구소에 연구용역을 준 방송사, 통신사, 미디어스에 광고 준 기업의 관계자들이 어제 어디에 불러가서 우리에게 준 연구용역 내역을 제출했다, 광고비 내역을 제출했다며 제보해 준다. 이런 내용이 소문나기 시작하면서 양문석을 걱정하는 게 중요한 것이 아

**공공미디어연구소 26일 개소**

▍공공성 기반에 둔 미디어 이론·정책 연구

공공성을 기반으로 미디어 정책 연구를 해나갈 공공미디어연구소(소장 양문석)가 26일 오후 6시 서울 소격동 연구소에서 창립식을 열고 공식 출범한다.

〈PD저널〉 2008.3.19

니라, 연구소와 미디어스에 광고와 연구용역을 주지 못하는 분위기가 형성됨으로써 급격한 자금압박을 받는다는 게 큰 문제였다. 본격적인 구걸이 시작된다.

민주당의 의원들을 찾아가서 의원정책개발비에서 연구용역을 얻어오고, 중소 케이블방송사를 찾아가고, 한국방송협회, 한국케이블방송협회를 신발이 닳도록 들락거리며 언론연대, 공공미디어연구소, 미디어스 살림을 유지하기 위한 고난의 행군을 끝없이 이어간다. 개인적으로 친분이 있는 방송사, 신문사, 기자, PD들에게 전화를 한다. "형님~ 이번 달 월급이 모자랍니다. 좀 도와주세요." 사업하는 대학후배들에게 전화한다. "형이다~ 좀 힘드네~ 니가 좀 도와주라."라며 개인적 인연을 파고들면서 시간이 날 때마다 돈 구하러 다닌다.

KBS, MBC, SBS, EBS 노동조합, 스카이라이프 노동조합 등 언론노조 소속 노동조합이 적극적으로 협조해 준다. 심지어 나의 친정 EBS 노동조합은 대의원들의 의견을 물어 '빌려주기'까지 하면서 우리를 뒷받침해 주었다. 고맙다. 투쟁으로

보답할게. 하고 냉큼냉큼 받아왔다. KBS 사측과 MBC 사측, SBS 사측도 지상파 방송사의 모임인 한국방송협회를 통해서 우리 연구소를 지원하기 시작한다. 고맙습니다. 90도로 인사했다. '우리 연구소와 미디어스 그리고 언론연대의 헌신적 활동과 수준 높은 정책논리를 인정해준 결과라고 자부한다.'며 스스로 자기합리화하면서.

미디어법 개정 반대 투쟁은 날이 갈수록 격렬해지고, 나의 칼럼과 발제문의 표현은 시간이 지날수록 거칠어진다. 방송사나 신문사와의 인터뷰 내용은 강경해진다. 그리고 2009년 초여름 기필코 MB정부는 미디어법을 날치기 통과시킨다. 그리고 일주일 후 나는 이대목동병원에 간농양으로 입원하며 그해 여름을 병원에서 보낸다. 김대중 대통령의 서거와 장례식을 병원의 텔레비전으로 시청해야 했다.

그 해 늦가을, 전 MBC 사장출신으로 국회의원을 거쳐 현재 강원지사인 최문순 의원이 MBC 대주주인 방송문화진흥회 이사로 들어가서 싸워달라고 전화를 했다. 나는 당시 그 어떤 일도 할 수 없을 정도로 언론연대, 연구소, 미디어스가 먹고 사는 일이 급했다. 병원에서 퇴원한 직후 첫 방문지가 모 통신회사에 찾아가서 연구용역을 받아오는 일이었을 정도로. 그래서 정중히 거절했다.

2009년 하반기는 오로지 생존하기 위한 필사의 노력을 경주하던 시기다. 2009년 12월과 2010년 1월 사이 일이다. 안기부 국내담당 고위인사가 밥을 먹자고 한다. 저녁을 먹고 차 한 잔 하는데, 미국으로 유학을 좀 가 줄 수 없겠느냐고 내 의사를 타진한다. MB정부 끝날 시기에 귀국하는 조건으로 모든 비용을 지원해 주겠단다. 정말 우리 식구들 먹거리 구하러 다니는 것에 너무 지쳐 있던 내겐 귀가 솔깃하는 아주 유혹적인 제안이었다. 다음에 만나면 답을 주겠다고 결정을 유보했다. 혼자서 그 제안을 두고 연말연시 내내 끙끙 앓았다.

정말 도망가고 싶었다. 차라리 구속이라도 시켜달라고 애원하고 싶었다. 미디어법 반대 투쟁 당시 최상재 언론노조 위원장에게 내가 선봉에 설테니 형이 뒤에 남아서 설거지 하라고 몇 번을 이야기했지만, 그 때마다 거절당하고, 니가 뒤에 남아 설거지하라며 국회 본회의장 진입 투쟁 때도 못 오게 해서 골대를 지켰는데… 최상재 위원장이 경찰에 여러 차례 체포되었을 때마다 최상재 선배를 속으로 욕했다. 구속되면 얼마나 편하겠냐며, 나만 밖에서 죽을 고생을 다한다며. 하지만 번번이 석방되어 나와 함께 할 수 있어 든든한 빽이었고, 언덕이었지만. 나는 도망가고 싶었다. 그곳이 미국이든 감옥이든. 하지만 자꾸 마음에 걸리더라. 수십 명의 언론연대, 연구소, 미디어스 식구들이 자꾸 마음에 걸리더라. 결국 2010년 1월에 만나서, 그 제안을 받아들이면 "동지들을 배반하는 짓"이라고 설명하며 거절했다. 그렇게 말하며 거절하면서도 속이 쓰렸다. 너무 힘들었던 때의 이야기다.

**Q14.** 치열했던 노조운동, 시민운동, 언론인을 거쳐 차관급 방송통신위원회 상임위원이 되었다. 이 또한 양문석 인생 경로에 특이한 이력인데, 어쩌다가…

 ## 방통위 상임위원 도전기~

2010년 2월 하순 어느 이른 아침이었다. 매일경제 경제부 기자로 활동하는 고등학교 선배가 전화를 했다. "양박사, 방송통신위원회 이병기 상임위원이 사표를 썼다는데, 그러면 누가 상임위원으로 와?" "금시초문입니다. 정보가 입수되는 대로 알려드릴께요."하고 잠을 깼다. 그리고 부랴부랴 사무실로 나가면서 언론연대, 연구소, 미디어스 연석회의를 소집했다. "이병기 상임위원이 사표를 냈단다. 다음 상임위원은 누가 좋겠노?" 우리 식구들은 이구동성으로 "형이 해야지~"란다. 나도 내가 하고 싶었다.

국회로 가서 양문석이 되어야 한다고 설득할 사람, 관련 시민단체를 맡을 사람, 언론노조와 지부장들을 맡을 사람으로 각각 역할분담하고 바로 헤어졌다. 오후 늦게부터 만남의 결과가 취합된다. "형이 하는 게 좋데~" "형이 하면 어떨까 물었더니 여론이 좋아~" "니가 하는 게 맞단다." 우리 식구들의 헌신적인 설득으로 분위기를 반전시켰다. 단 하루만에~

당시 민주당은, 당 대표가 현재 국무총리로 지명된 정세균 의원, 원내 대표가 도로공사 사장을 역임한 이강래 의원, 정책위 의장이 박지원 의원, 국회 문방위 야당 간사가 문재인 정부 초대 정무수석 전병헌 의원으로 구성되어 있었다. 야당 몫인 방통위 차관급 상임위원 선정 절차가 발표되었다. 1차 서류 면접, 2차 대면 면접. 1차 서류 면접을 통과하고, 2차 대면 면접에 참석했다. 문방위 야당 의원들이 쟁쟁했다. 전병헌 간사, 천정배 의원, 최문순 의원, 변재일 의원 등이 당시 멤버였다. 민주당 추천 방통위 상임위원이 4월 1일 만우절에 발표되었다. 언론연대 사무총장 양문석으로.

## 차관으로서 첫 공직, 군림하는 자리가 아니라 구걸하는 자리

오마이뉴스

4월 1일 민주당에서 상임위원으로 추천한다고 발표한 후, 한 달 이상이 지난 뒤 국회 본회의에 상정되었다. 이강래 원내대표에서 박지원 원내대표로 바뀌면서 급물살을 타기 시작했다. 당시 한나라당 원내대표는 김무성 의원이고, 원내수석부대표가 이군현 전 의원이다. 그 때 기사를 보면 이렇다.

"양문석(언론개혁시민연대 사무총장) 신임 방송통신위원 추천안이 5월 19일 국회 본회의를 통과했다. 이날 열린 국회 본회의에서 여·야 의원들은 '방송통신위원회의 설치 및 운영에 관한 법률' 제5조에 따라 민주당이 제출한 '방송통신위원회 위원(양문석) 추천안'을 찬성 170, 반대 36, 기권 5표로 통과시켰다."

그리고 청와대 인사검증팀이 또 다시 한없이 시간을 끌며 이런 흠집, 저런 흠집을 내더니 결국 5월 19일 국회 본회의 통과 후, 2개월만인 7월 19일 첫 출근을 하게 된다. 이병기 상임위원 사퇴 후 거의 6개월 만에 보궐로 방통위에 들어가서 잔여 임기 8개월을 채우고 다시 연임되어 3년의 임기를 채웠다.

방송위원회와 정보통신부가 합쳐진 방송통신위원회를 2년 8개월, 박근혜 정부가 들어서 다시 1년간의 대한민국 차관 생활은, 군림하는 공직자가 아니라 구걸하는 공직자였다.

청와대와 한나라당 추천 위원이 3명, 민주당 추천 위원 2명. 쟁점이 되어 논란이 있는 모든 표결에서 판판히 졌다. 방송법과 통신법이 보장한 공적 영역은 계속해서 훼손되어 갔다. 결국 얻어내는 것이 아니라, 진보하는 것이 아니라, 지켜내고 보수하는 것이 나의 역할이었다. 그래서 최시중 위원장에게 빌고 구걸하며 얻어낼 것은 얻어내고, 표결할 것은 표결해서 근근이 버텨내는 시간이었다.

Q15. 마지막 질문이다. 어린 시절을 보낸 통영살이 1기와 군 생활, 지역운동 태동기였던 통영살이 2기를 거쳐, 본격적인 정치인으로 다시 돌아온 통영살이 3기를, 나는 어떻게 보내고 있을까?

## 귀향, 환희와 고통~

2014년 3월25일. 3년 8개월의 공직생활을 접고 통영 산양읍 곤리섬으로 내려온다. 3개월을 곤리섬에서 칩거하다가 서울로 다시 올라가 본격적으로 정치평론가의 길을 걷는다. 그리고 다시 2년 후인 2016년 여름부터 통영에서 정치하기로 결심하고 오르락내리락 하다가 그 해 11월에 아예 통영으로 이사를 한다. 정치인으로 귀향 이후 매년 선거를 치른다.

귀향 그 다음해인 2017년 4월 문재인 대통령 후보 통영선거대책위원장으로 활동, 문재인 대통령 당선, 2018년 5월 강석주 통영시장 후보 선거대책총괄본부장 겸 수행비서로 활동, 강석주 통영시장 당선과 김용안, 배윤주, 정광호, 이승민, 김혜경 시의원 당선, 2019년 4월 양문석은 국회의원 후보로 출전해서 낙선의 고배를 마신다. 그리고 다시 도전하려고~

# 양문석이 생각하는 정치란

## ❝ 꿈꾸기엔 너무나 절박한 현실

짧은 시간 안에 정부예산을 통영·고성에 더 많이 끌어와 빠른 효과를 내는 것.
우리 지역의 민원을 더 많이 정부에 관철시켜 빠른 경제 활성화의 효과를 내
는 것. 수산 산업의 침체를 성장으로 빠르게 바꾸는 것, 관광 산업의 하락세를
최대한 막아내고 빠르게 정상화시키는 것. 비록 작은 조선 관련 기업일지라도
유치해서 조선업의 명맥을 이어가고 부활의 기틀을 마련하는 것. 그리고 작고
강한 기업을 유치해 와서 단 1개의 일자리라도 늘리는 것이다. ❞

# 꿈꾸기엔 너무나 절박한 현실,
# 짧은 시간 빠른 효과

정치가 무엇인가를 묻는다. 양문석의 정치는 무엇인가를 묻는다. 정치는 그 지역의 상황에 따라, 그 나라의 현실적 위치에 따라 달라야 한다. 정치는 상황변동과 시대변화에 민감하게 반응하는 게 아니라 적어도 5분이라도 앞서가야 한다. 지금 양문석의 정치란, 짧은 시간 안에 정부예산을 통영·고성에 더 많이 끌어와 빠른 효과를 내는 것. 우리 지역의 민원을 더 많이 정부에 관철시켜 빠른 경제 활성화의 효과를 내는 것. 수산 산업의 침체를 성장으로 빠르게 바꾸는 것, 관광 산업의 하락세를 최대한 막아내고 빠르게 정상화시키는 것. 비록 작은 조선 관련 기업일지라도 유치해서 조선업의 명맥을 이어가고 부활의 기틀을 마련하는 것. 그리고 작고 강한 기업을 유치해 와서 단 1개의 일자리라도 늘리는 것이다.

직업소개소 가기가 두렵다. 새벽시간 수십 명이 앉아있다. TV보는 사람, 스마트폰으로 게임하는 사람, 동영상 보는 사람, 자는 사람, 종이컵 들고 담배 피는 사람. "민주당의 양문석입니다."라고 인사를 해도 쳐다보는 사람들이 거의 없다. 악수를 청해도 외면하지도 조롱하지도 않는다. 그냥 기계적으로 손을 내민다. 눈을 마주치지 않는다.

"정치고 나발이고 당장 우리가 묵고 살기 힘든 데~" 라고 말을 걸어주는 분들은 극히 소수다. 정치에 대한 기대가 없다. 무슨 말을 해도 "그건 맨날 정치인들이 하는 말이고~" 정치 불신의 시대가 아니다. 정치 무관심이라는 표현도 정확한 용어가 아닌 것 같다. 그냥 '정치 무시의 시대'에 접어든 것 같다. 정치에 대해 기대도, 희망도 없다. 정치에 대해 분노도, 실

망도 없다. 그냥 리그가 다른 것이다. 정치인들의 리그와 일당벌이의 리그. 적어도 오늘의 삶이 팍팍한 직업소개소에서 보는 정치에 대한 반응은 그렇다.

이런 반응을 보이는 곳이 또 있다. 청년들이 주로 가는 카페에서의 반응이다. 청년들도 정치를 불신하는 것이 아니라 정치를 무시한다. 오늘의 청년들은 잘하는 정치로부터 혜택 받은 경험 자체가 없다. 그렇기에 정치에 대한 기대가 없는 것이다. 인사하며 악수를 청하며 다가설 때 보이는 반응이 직업소개소에서 일자리를 기다리는 일용직 노동자들과 거의 다를 바없다. 무관심한 표정, 자기들보다 나이 많은 사람이 악수를 청하니 예의 상 손을 내미는 수준 그 이상 그 이하도 아니다.

전통시장에 들어가면 좀 다르다. 상인들은 적극적으로 '경기활성화'를 요구한다. "장사가 너무 안 된다. 이러다가 가게

문 닫겠다~" 1980년대 후반 초호황기에 중앙시장에서 옷장사를 하신 우리 어머니도 입에 달고 다니던 표현이다. 하지만 지금은 그 의미가 다르다. 1980년대와 1990년대의 초호황기를 거쳐 본 사람들이라 더 힘겹고 어렵다. 국민소득 4만 불 시대를 살아봤던 몇 안 되는 도시 중 하나가 통영이고, 고성이다. 전국적인 호황기보다 더 길게 경험했던 조선산업 호황기를 통영과 고성은 경험했다. 기대수준이 높은 것이 아니고, 경험수준이 높은 것이다. 상대적 박탈감이 훨씬 더 강할 수밖에 없다. 경기 체감 온도에 훨씬 더 민감할 수밖에 없다. 그래서 더 고통스럽다. 그래서 더 정치에 대한 기대감을 표출한다.

우리 지역 상인들은 격렬하게 문재인 정부를 비판한다. 경제를 살려야 한다고 훨씬 더 강하게 주문한다. 지금의 경제상황에 대해 훨씬 더 분노하고 비난한다. '정치에 대한 기대가 있다'를 넘어 '크다', 그렇기에 분노하고 실망하는 것이다. 귀기울여 들어야 할 평가도 많다. 통영·고성의 경제적 특수성이 내재해 있기 때문이다. 전국적인 경제침체기 때도 통영과 고성은 조선 산업의 호황으로 전국적 경제상황과 다른 길로 갔다. 세계경제와 한국 경제 일반과 상당히 달랐던 것. 마찬가지로 조선

산업의 침체와 붕괴과정에서 전국적 분위기보다 훨씬 더 통영·고성의 분위기가 심각했던 것이다. 지금 이 순간도 전국적 경제상황 보다 훨씬 더 나쁜 상황에 처해 있다는 것이다.

어떤 정치를 할 것인가? 특히 통영·고성을 위해 어떤 정치를 해야 할까?

답은 단순하다. 국가예산의 이례적일 정도의 대규모 투입이다. 통영과 고성의 각종 민원과 지역사업에 대한 정부의 전폭적인 지원이다. 이것이 일차적이다. 한국경제 상황이 나쁠 때도 통영·고성은 괜찮았지 않았느냐고 하는 것은 정치를 포기하는 것이다. 문제가 발생했을 때 정치력이 작동하는 것이다. 현재는 한국경제 상황보다 통영·고성 경제가 더 나쁘다는 점이다. 그렇다면 정부의 대대적인 지원을 요청하는 것이 올바른 정치다. 그리고 요청을 관철시키는 것이 정치력이다.

정부예산은 한정적이다. 정부지원 규모도 제한적이다. 원하는 지역마다 모두 해결해 줄 수 없다. 한정된 자원을 효율적으로 배분하는 것이 정부와 국회다. 그것이 기본이다. 문제는 한정된 자원을 효율적으로 배분할 때, 통영·고성의 예산과 지원을 어떻게 하면 더 많이 받아내느냐가 실력이고 능력이다.

쉽게 생각해 보자. 100원 갖고 서울과 통영·고성이 나눠쓴다고 가정하자. 서울이 90원을 갖고, 통영이 10원을 가져왔다고 가정하자. 이 때 통영·고성이 20원을 가져 오고, 서울에는 80원만 배분될 수 있도록 하는 것이 실력이고, 능력이다. 이것이 냉정한 현실이다. 총예산은 정해져 있기 때문이다. 결국 배분의 문제이기 때문이다.

첫째, '집권여당이 유리하겠는가, 야당이 유리하겠는가'의 판단이 있어야 한다. 둘째, 집권여당 내에서도 경쟁이다. 서울 예산을 10원 삭감하고 그 여분을 통영·고성으로 돌려야 한다고 주장해야 한다. 결국 누가 더 설득력과 영향력이 강한가의 영역이다.

통영·고성에서 확산되는 정치 무시 현상을 정치에 대한 기대감으로 전환시켜야 한다. 정치에 대한 기대는 정치에 대한 만족으로 바꿔야 한다. 결국은 직접적인 경제적 혜택이 일차적인 정치의 영역이고, 집중해야 할 정치인의 관심사여야 한다.

다시 한 번 강조하고 싶다. 지금 양문석의 정치란, 짧은 시간 안에 정부예산을 통영·고성에 더 많이 끌어와 빠른 효과를 내는 것. 우리 지역의 민원을 더 많이 정부에 관철시켜 빠른 경제 활성화의 효과를 내는 것. 수산 산업의 침체를 성장으로 빠르게 바꾸는 것, 관광 산업의 하락세를 최대한 막아내고 빠르게 정상화시키는 것. 비록 작은 조선 관련 기업일지라도 유치해서 조선업의 명맥을 이어가고 부활의 기틀을 마련하는 것. 그리고 작고 강한 기업을 유치해 와서 단 1개의 일자리라도 늘리는 것이다.

꿈을 꾸기에는 너무 현실이 절박하다. 짧은 시간에 빠른 효과를 내는 것이 통영·고성에 필요한 양문석의 정치다.

__단디 그리고 야무지게 일하고 싶습니다.

# 통영·고성을 가슴에 품고

" 통영 앞바다

고향 통영이다. 어머니가 옷 장사 노점하던 곳. 앞 바다이자 중학교 때 자전거
타다 바다에 빠져 다리 부러진 바로 그 곳이 사진 속의 바다다. 섬 배 들어오면
정신없이 호객하느라 아들의 존재조차 잊어버리시던 어머니의 흔적을 더듬어
가면서, 부러진 아들 다리보다 찌그러져 못쓰게 된 자전거를 보며 안타까워하
던 어머니와의 추억이 고스란히 살아나는 그 바다, 그 자리에서, 봉분 없어져
서글퍼 눅눅했던 슬픔은 온데간데없고 즐겁고 유쾌한 어머니와의 교감이 즐
거워진다.(2011년 4월 2일)

"

# 1월의 통영

푸른 하늘

푸른 하늘만큼이나 푸른 바다

푸르름에 취해

서울을 씻고 현안을 잊는다

마음을 씻고 기억을 지운다

잠시라도

트인 하늘과 바다를 언덕삼아

내 몸을 비빈다

고향하늘 고향바다 배경삼아

내 몸을 비운다

# 1월 통영의 중앙시장

　금요일, 토요일, 일요일… 3박의 꿈같은 시간을 통영의 바다와 함께 시장과 함께 했다. 중앙시장을 옷깃 올리고 살짝 다녀왔다. 초1때 울 옴마가 노점을 시작한 후 처음으로 고정석을 확보했던 제일은행 앞을 해서, 중2 때 울 옴마가 처음 가게로 들어간 한일은행과 천일약국 사이 골목을 많이 망설이면서 도둑놈처럼 이리저리 눈 돌리며 지나갔다.

　붕어빵 장사에 여념없는 준호엄마… 쌀가게 아저씨와 재혼해 와서 아저씨를 꼼짝 못하게 지배했던 씩씩했던 성철이엄마… 옴마 가신 지 18년의 세월이 흘렀고, 울 옴마랑 친했던 분들이 여전히 '현역'에서 뛰고 계신다. 다가가서 인사라도 드리고 싶었지만, 차마 용기를 내지 못한다. 고향을 가도 멀찌기 돌아서 다녔고, 그 곳을 가면 어머니 생각 때문에 울 것 같아 근처를 배회하기만 했지, 실제 내 발로 들어간 적이 거의 없는 곳.

　짜장면 값 100원 얻어 바람처럼 달려갔던 만화방 '중앙만화' 골목을 걸었다. 또 하루에 수없이 뛰고 또 뛰어 왕복했던 메리야스 도매점 '고대상회' 골목. 어물전으로 이어지던 고대상회

뒷골목, 천일약국과 병원 사이 골목에서 우리 가게로 이어지는 작은 길, 자주 내 꿈에 등장하는 그 미로 같은 골목길을 하염없이 걸었다.

허리가 휜 채 한 다라이 생선을 쭈글쭈글 손등에 칼 잡고 다듬던 학삼이옴마는 이제 보이지 않았다. 서울 며느리 밉다며 입에 달고 욕을 해 대던, 시장통 제2의 미인이었던 진양상회 아줌마도 보이지 않았다. 고향이 전라도인 박씨 아저씨와 아줌마도, 한복집 영찬이옴마도 못봤다, 다들 살아계시려나…

펄떡거렸을 물고기들은 이미 힘이 빠져 바가지 속에 드러누웠다. 광어 두 마리에 3만원 '떠리미'를 외치는 처음 보는 누님들의 목소리도 슬슬 맥이 빠질 시간이나 아직까지 기가 살아있다. 이미 늦은 저녁시간에 힘 빠진 생선들을 떨어내야 하는 절박함도 예전과 다르지 않다. 울 어머니는 '마시(마수걸이)'를 하지 않으면 아침을 먹지 않았는데… 새벽장사 나서서 밤 10시까지 당신이 판단하기에 양이 차지 않으면 아침도, 점심도, 저녁도 굶으면서까지 호객하여 옷을 팔았는데…

이 곳 통영의 중앙시장 사람들, 울 옴마와 다르지 않다. 꼭 같다. 그 때나 지금이나. 단지 당시에는 내 눈에 이런 모습이 '당연한 일'이었기에 달리 보이지 않았지만, 지금은 '새로운 의미'를 부여할 만큼 변했거나 컸거나…

세찬 바다바람이 시장통을 휩쓸어 짜장면 한 그릇 들고 울옴마 노점 옆에서 쭈그려 벌벌 떨며 먹던 초중고시절의 중앙시장과 다른 점은 이제 비가 와도, 바람이 불어도 재래시장

현대화 공사를 통해서 그 때만큼은 춥지 않다는 것뿐. 여전히 우리의 어머니들 누님들의 애달픈 삶 치열한 삶은 계속 이어지고…

# 막바지 대목의 추억

초중시절, 통영 제일은행 옆 노점판에 앉아 비닐 덮고, 덜덜 떨며 객선은 들어왔는데… 가장 큰 설 대목인데… 하필 이 때 왠 비, 부산 자유시장에서 설 대목을 겨냥해서 울 아부지 한껏 사 왔는데… 통영 앞바다에 점점이 뿌려진 그 많은 섬사람들이 객선타고 들어 왔는데… 비 맞으며 서서 노점에서 옷 살 손님은 없고… 보여야 할 옷들은 오래 돼 불투명해진 비닐 아래 제 본 모습을 감추고 있고.

울 엄니 손님들 생각에 목까지 덮는 비옷입고 목 위로는 그냥 떨어지는 비 그대로 견디시고. 울 아부지 안타깝고 타는 마음으로 엄니 옆에 서서 우산 쓴 게 미안해서 바다만 바라보시던 그 때… 그래서 초삐리 심정에 간절한 기도가 있었다. 우리에게 작은 가게라도 있었으면 하는 절실한 바람이 있었다.

대학 입학하고 배웠고, 지금도 아무리 즐겁더라도 부르면 목이 메이는 노래

'울 어머니 살아 생전에 작은 땅이라도 있었으면 콩~도 심고 팥~도 심고 고구마도 심으련만…'

# 섬

고향 통영 앞 바다 위
두둥실 떠
파도에 쓸리고
해풍에 쓸려도
묵묵히
천년을 견디고
만년을 버텨서
엄마 품처럼
다 받아주는 바다 위
두둥실 떠
우리도 저 곳에
기대면서 위로받아
죽음보다 삶
절망보다 희망
좌절보다 재기를
꿈꾼다

## 2년 전 당국의 무대책

수면 위로 뜬 채 누워있는 물고기… 살아 있으면 한 마리에 3만원을 호가하는 참돔들이 처치곤란 쓰레기로 누워있다. 이 곳만 피해액이 60억 상당… 깊은 한숨만 바닷가로 토할 수밖에 없는 기막힌 현실. 매년 되풀이되는 이 재난을 당국은 매년 수수방관하고…

"죽은 물고기 처리"

엄청난 폐사 상태를 억장이 무너져도 지켜 볼 수만 없는 어민들… 지금 건져서 치우지 않으면 바다가 썩기 때문.

사람 빼고는 이 바다에서 살아 있는 건 아무 것도 없다라며 이 사람 저 사람 잡고 하소연하는 어민들…

죽은 물고기를 치우는 그들의 심정을 옆에 서서 묵묵히 듣고 있는 것외 할 수 있는 것은 아무 것도 없다.

## 제발 민생투어

정치권에서 본격적으로 민생투어를 계획한다는데, 현재 정치권의 도움을 간절히 원하는 곳은 통영을 비롯한 남해안이다. 재앙에 가까운 적조 피해를 당하여 넋을 놓은 피해어민들…

행정당국의 무관심에 분노가 임계점에 다다른 현장… 기왕에 죽은 고기는 그렇다 치더라도 물고기 사체 처리는 어찌할꼬. 사체로 인해 바다가 썩어가고 있는데…

올해는 포기한다 해도 바다에 의지하고 사는 어민들의 미래를 썩도록 방치하는 것이 사체처리 지연이기에, 행정당국이 바다 건너 불구경이면… 제발 가서 국회차원의 대책이라도 세워 달라.

# 통영

그리운 금강산보다

더 절실하게 그립고 가고파

바로 그 곳 통영

5000명 페친 여러분들이 통영 한 번 들러주시면

거제의 조선소 쇠락으로 인해 휘청거리는 지역경제에 큰 도움 될 듯.

# 통영 촛불 집회 시작

-퇴진 박근혜의 현수막이 강렬하다

300명 가량의 시민들이 모여서 소박하게 시작하고 있다. 중장년층보다는 중고생과 젊은 층이 대부분이다. 사회자의 발음이 일단 나보다 안 좋다는 사실에 뿌듯~

7시17분. 술 한 잔 마신 노숙자 삘의 형님이 마이크 잡고 '하야가'를 부르는 중~ 절로 웃음이 이는 장면이다.

7시22분. 웬 삑싸리. 갑자기 내 이름이 나온다. 자유발언 신청을 친구들이 한 모양. 그냥 안 나가고 앉아있다. 구경하러 왔다니까~~~

7시28분. 통영여고 1학년 여학생 등장. 누구는 권력으로 대학가고. 대통령이 사이비종교에 빠져 있지만 국민이 나라를 지켜왔다. 대한민국은 민주공화국이 아니지만 우리라도 민주공화국을 지키자. 저 더러운 정부에게 우리가 깨어 있음을 알려줍시다.

7시 31분. 통영고 2학년. 박근혜 무당이 웃기고 빠졌네. 정치를 어른들에게 맡겨 둘 수 없다. 어떡하지 진짜~.

7시 36분. 일반여성시민. 박근혜 대통령께 고맙다. 민주주의 공부시켜줘서. 나라 걱정은 국민들이 할테니까 내려오세요. 박근혜가 불쌍하냐? 전국의 고아, 전세계의 고아는 안 불쌍하고? 세월호에 수장된 아이들은 우짜고. 60이 넘은 고아 박근혜가 불쌍하냐고.

7시 42분. 통영고 학생. 똥은 어른들이 쌌는데 우리 학생들이 치우고 있다. 대통령님 이제 도망치십시오.

7시 43분. 통영시내버스 운전기사. 나는 박이라는 성을 안쓴다, 닭근혜라 한다. 저도 내일 서울로 갑니다. 우리 노동자들이 내일 서울 가서 선을 넘고자 한다. 같이 힘을 보태 주이소. 내일 투쟁에서 반드시 승리하고 오겠습니다.

## 낙향

오늘 밤부터 고향 통영으로 낙향하여 이곳에서 일자리도 알아보며 인생 이모작 시작했습니다. 예전에는 고향 다니러 왔는데 이제부터는 서울 다니러 갑니다. 첫날 밤, 돼지국밥에 소주 각 이병으로 친구랑 간단히 한 잔하고 당구 쳐서 첫 수입을 올렸습니다~^^ 생계형의 투쟁의지를 연마하는 시작이 좋습니다. 통영오세요. 페친 여러분의 관광과 맛집 가이드 자청합니다.

# 일당백의 전사들
# 통영지역 언론사 기자들과의
# 저녁만남 후 단상

통영에 온 지 3개월. 월·화는 서울 가서 벌고, 수·목·금·토·일은 통영 와서 쓴다는 모토로 나름 부지런히 살고 있다. 해가 중천에 뜰 때까지 하릴없이 침대와 씨름하다가 오후에도 하릴없이 한강변을 걸을 때보다는 훨씬 행복하다. 3년을 거의 무위도식하다가 통영에서의 지난 3개월은 때론 단단한 절벽에 부딪히고, 때론 철옹성이 광범위하게 부식되어 있는 곳을 발견하기도 하고… 두렵기도 하지만, 생생하고 박진감 넘친다.

오늘은 생생하고 박진감 넘치는 그 동안의 하루보다 좀 더 특별한 날이다. 통영지역에서 고군분투하는 일당백의 전사, 지역신문 기자들과 저녁하며 술 한 잔하고, 2차로 차 한 잔하고. 당연히 밥값을 준비해 갔는데, 함께 한 선배기자께서 이미 계산해버리고. 참으로 황송하고 몸 둘 바를 모를 상황마저 경험한다.

한국의 언론정책, 지발위, 언론재단의 지원과 수수료, 광고주, 기자, 종이신문과 인터넷신문의 차별, 정언유착, 경언유착, 행언유착 등등 내겐 참으로 익숙한 영역의 토론들이 활기차게 진행된다. 묵묵히 들으면서 소주만 따르고 마실 뿐이다.

익숙하나 생소한, 생생한 현장의 목소리를 접하며 스스로 묻는다. 나의 지역 언론에 대한 정책과 소신은 뭘까? 나는 지역 언론에 대해 그 동안 어떤 인상을 가지고 있었나? 지역 언론하면 툭 떠오르는 첫 번째 이미지는? 잘 모르겠다.

나름 다른 영역보다 더 많은 글을 썼고, 더 많은 싸움을 했고, 심지어 지역 언론 사수를 위해 삭발투쟁까지 하기도 했던 영역인데… 생생한 현장의 목소리에 주눅 들어 쭉~침묵이다. 어쩌다 한마디 하면 아무도 반응을 해 주지 않는다. 또 느낀다. '실정 모르는 소리하고 있네'라며 타박을 안 받은 것만 해도 감사해야 할 지경. 더 듣고 더 고민하고 더 공부해야 '실정 모르는 소리'는 면할 듯하다.

## 스포트라이트, 후보, 지지인파… 부럽지만 정치의 변방 민주당의 변방 우리 통영도 '있다'

어제 창원과 부산에 문재인 후보가 다녀갔다. 언론의 스포트라이트를 받으며 선거운동 현장에서 뛰고 있는 후보나 많은 선거운동원들 그리고 엄청나게 많이 모인 지지자들의 생동하는 현장 분위기가 많이 부럽다.

서울에서 가장 멀리 떨어져 있는 곳, 통영. 창원에서마저 정치의 변방, 민주당의 변방이라고 여기는 통영에서도 문 후보와 우리 선거운동원들과 적지만 열성적인 지지자들과 함께 하고 싶다.

기자 한 명 없이 선거운동을 펼치는 '통영의 민주당원'들에게 언론의 스포트라이트를 쏘아 주고 싶다. 문 후보의 육성 격려를 들려주고 싶다. 환호하는 '함성' 속에 잠깐이라도 빠져들게 하고 싶다.

하지만 항상 그렇듯이 '정치의 변방, 야당의 변방' 통영에서는 언감생심이다. 통영지역 기자들마저도 오지 않는, 아니 쉽게 오지 못하는 척박한 현장에서 우리 선거운동원들과 당원들의 외로운 싸움, '고투'는 눈물난다.

　하지만 스포트라이트가 없어도, 후보가 오지 못해도, 같은 편 인파가 몰리지 않아도 우리에게도 '있다'. 비록 격렬하게 욕설을 퍼붓는 시민들이 더 많지만, 그래도 인사하면 미소로 받아주는 통영시민들, 차창을 내리고 '엄지 척'을 해주는 통영시민들, 수줍게 운전 칸에서 짧게 손 흔들어주는 버스와 트럭 기사님들이 우리에게도 '있다'.

# 9%에서 30%까지 20년 걸렸다

　김대중 대통령 당선 때 시군구 전국최저 득표율 9%를 기록한 곳이 통영이었다. 당시 새정치국민회의 통영지구당 사무국장 하셨던 형님이 오늘새벽 통영의 득표율 30%에 눈시울을 붉히셨다는 이야기를 전해 듣고 울컥한다.

　60대 초입의 과묵하신 게 부처님 같은 그 형님 말씀하시길, "우리 때는 감히 앞에 나서서 공개적인 선거운동은 꿈도 꾸지 못했다. 이제 뭘 못 하겠노. 지금부터 내 밑으로 모두 다 나와라. 나부터 맨 앞에 설 테니까"

　선거 후의 작은 감동이 하루 종일 이어진다. '겨우 30% 득표율'이라고 볼 수도 있다. 하지만 통영의 민주당 형님들껜 지난 20년간 각고의 노력이 만들어 낸 꿈의 수치이고, 감격해서 눈물을 흘리는 수치이다.

## 쭈볏쭈볏

아는 사람 거의 없는 광도면민 운동회와 도천동민 경로잔치
는 고역이었다. 수백 명이 모인 천막 아래를 돌면서 아무도 모
르는 이름 "양문석입니다"라고 인사할 때마다 지금 내가 무슨
짓을 하고 있나 하며~ㅜ.ㅜ. 그래도 양문석입니다 외치고 숙
이고 손 흔든다. 종종 방송에서 봤다며 너무 속 시원하게 말한
다며 아는 척할 땐 그냥 그 분하고 앉아서 술 마시고 싶다.

초짜 정치인의 서툰 인사와 쭈볏거리는 모습이 또 어떤 분에
게는 안쓰러웠던 모양. "힘내라. 잘 될끼다."라며 툭 어깨를 두
드려준다. 음료수 한 병 가져와 마시란다. 행사 진행하는 친구
들이 격려한다. 다시 걷고 숙이고 외치게 하는 힘이다.

## 끝까지 미워하끼다

새벽 4시30분 통영도착. 5시 집에 도착. 7시 기상. 8시 배 타고 한산도. 한산면 경로잔치. "어르신 민주당 양문석임다. 민주당 너무 미버하지 마이소" "머라쿠노. 내는 끝까징 민주당을 미버하끼다" 움찔~ 뻘쭘~ 약간 쫄고~ 단상하나. 헐~ 이러다가 진짜로 강철되는 것 아닐까~^^

## 사랑도에서

삭풍이 살갗을 에는 섬마을. 시간이 정지된 듯 고요한 마을. 만나 악수하는 분들이 환하게 웃어주고 기념촬영 하자신다. 고맙고 고맙다.

앞마당 남아있는 장독대가 정겹고. 내 나이됨직한 대나무에 매달린 물메기가 먹음직스럽다. 감나무에 끼인 가마봉이 오르라 유혹한다.

## 오라는 데는 없어도

통영시 산양읍 풍화리. 주인이 자리 비운 멍게양식장 앞에서 잠시 망중한. 오라는 데는 없어도 찾고 싶은 곳은 많다. 마음 열 때까지 따뜻한 눈빛 줄 때까지 그냥 가 본다.

푸른 바다 속 하얀 부이 아래서 무럭무럭 자라는 멍게처럼, 아무도 보지 않으나 아무 것도 하지 않는 것은 아니듯이. 그냥 매달려 있는 것 같으나 끊임없이 변하고 성장하듯이. 언젠간~^^

## 통영의 파랑

갈수록 많아지는 파랑이 자유한국당 38년의 독점 땅 통영에
서 파란을 일으키고 있다. 60대 형님들이 아이돌에 환호하는
10대처럼 열렬히 박수와 함성으로 맞아주신다. 어젯밤 방송
마치고 새벽 첫 차 타고 통영 도착한 나의 온 몸이 감동으로
요동친다. 지난해 대선 요 맘 때만 해도 문재인 후보 찍힌 파
란 잠바입고 인사 다니면 "아~ 이~ 빨개이 새끼들아~ 요가
오데라꼬~~~" 하시던 분들이다.

# 감히 통영에서 이겼다. 그러나

길게는 38년, 짧게는 23년의 일당독점 정당 자유한국당의 패배이지 민주당의 승리라고 보지 않는다. 조선업 몰락, 수산업 위기, 관광업 정체로 인한 통영의 경제적 침체는 더 이상 견디기 힘들다는 시민들의 비명이 표심에 녹아 있다.

1995년 시작된 지방선거. 23년 만에, 통영에서는 최초로 민주당이 시장 후보를 냈다. 어느 누구도 승리할 것이라고 예상한 사람은 없었다. 단지 '우리들'만 이길 수 있다는 바람만 가지고 있었다.

김대중 대통령 당선 때는 득표율 9%로 전국 시군구 중 꼴찌를 기록한 곳이다. 지난 총선 때는 야당 출마자가 없어 새누리당 후보 한 명만 입후보해 '무투표 당선'을 허용한 곳이다. 지난해 대통령 선거 때는 홍준표 후보에게 문재인 후보가 1만 표 졌던 곳이다. 1년 만에 1만 표의 차이를 극복하고 아슬아슬한 수치이나 930표 차이로 이겼다.

자랑하고 싶다. 하지만 뒷덜미를 잡는 그 무언가가 편하게 기분 좋게 자랑할 수 없게 한다. 평생을 보수야당을 찍었던 이들의 좌절을 함께 보고 있기 때문이다. 문재인 대통령 후보가 당선된 날, 통영은 그 어떤 축제도 하지 못했다. 하지 않았다.

경상북도 통영이라고 할 만큼 그 짙은 보수색은 우리들이 감히 축제를 할 수 없게 만들었다.

뱃길이 왕성했던 1980년 이전까지는 통영은 개방된 도시였다. 부산에서 거제, 통영, 남해, 여수를 오가는 여객선은 통영을 문화융합의 중심지로 자리매김하게 했다. 하지만 뱃길이 끊기고 찻길만 있는 80년대 이후부터는 찻길로 서울기점 가장 멀리 떨어진 육지가 통영이고, 통영은 문화적으로, 정치적으로 고립되기 시작한다.

1980년 이후 38년간 자유한국당 계열의 국회의원만 배출하고 있으니 문화적으로, 정치적으로 '보수색채'는 대구·경북의 어느 곳 이상이다.

이런 곳 통영에서 민주당 강석주 후보가 통영시장에 당선된 것은 기적이다. 하지만 이런 기적의 이면은 아프고 고통스럽다. 민주당의 승리는 통영이 문화적, 정치적 소외감을 벗어나고자 하는 강력한 정치적 요구의 다른 표현이다. 조선업 몰락, 수산업 위기, 관광업 정체로 인한 통영의 경제적 침체는 더 이상 견디기 힘들다는 시민들의 비명이 표심에 녹아 있다. 이미 통영은 고용위기 재난지역으로 지정됐을 정도다.

시내 한 가운데는 흉물로 전락한 골리앗 크레인들이 덩그렇게 서 있다. 시내 외곽의 안정공단은 노동자가 없는 수백만평의 을씨년스러운 풍경, 주변의 상점들과 주거지는 바람에 이는 신문지쪼가리 하나 날리지 않는 유령도시로 전락해 버렸다. 노동자, 상인들의 신음이 가슴을 저리게 한다. 수산업 1번지의 자부심은 간 데 없고, 주변 도시와의 관광객 유치

경쟁이 심화됨으로써 관광객의 발걸음은 늘어나지 않는다.

경제난으로 인한 신음과 비명소리가 유령처럼 통영 상공을 배회하고 있는데, 어찌 자랑하고 어찌 즐거워할 수 있으랴. 통영 선거 역사상 최초이자 최다인 5명의 시의원, 1명의 통영시장을 배출했다고 어찌 기뻐할 수 있으랴. 지금부터 실력으로 신음과 비명소리를 잦아들게 해야 한다. 신음과 비명소리가 잦아들 때까지 시민들과 함께 지금의 난국을 풀어내는 실력을 보여야 한다.

그래서 길게는 38년, 짧게는 23년의 일당독점 정당 자유한국당의 패배이지 민주당의 승리라고 보지 않는다. 시민들은 우리에게 현재의 고립, 소외, 신음 비명을 실력으로 헤쳐 나갈 수 있는지 지켜보고 있다. 우리는 실력으로 더불어 함께 행복한 새로운 통영을 건설하는데 혼신의 노력을 다할 것이다. 시민들의 대다수가 '너희들 실력있다'라고 인정해 줄 때 우리는 감히 통영에서 이겼다고 축배를 들 것이다.

# 피눈물

새벽부터 지금까지… 새벽부터 이 밤까지… "추석 잘 보내이쏘"하며 통영의 서호시장, 중앙시장, 북신시장, 재향군인회 이사회, 고성 동해면까지 점심도 거르고 듣고 또 듣는다. 애닳다. 아프다. 무력하다. 실업률 전국 1등. 고용률 전국 꼴찌에서 2등.

북신시장 70대 후반 채소노점 엄니 왈 "우리 아~낼모레 50인데 성동조선 망해서 새끼들 서이(3명) 다 학원도 몬 보낸다 아이요, 우찌 안 되겠소?"

정치는 선거에서 당선되기 위해 흘리는 땀이 아니라 피눈물 흘리는 빽도, 돈도 없는 이들의 언덕이고 혹시나 해결할 수 있으면 1할이라도 풀어내는 사회적 활동임을 절실히 느끼는 추석맞이 시장 인사였습니다~~~~

# 택시타고 서울 가는 중

### -산업자원부 조선해양플랜트과 과장을 만나고

아침 방송 마치고 잠시 휴식 후 강남고속터미널에서 세종시 정부종합청사 산업자원부를 찾는다. 조선해양플랜트과 과장과 오후 3시 약속인데 2시10분에 쳐들어간다.(~^^~) 50분을 기다려도 산자부 청사내에서 기다릴 요량으로. 좁고 허름한 대기실 같은 회의실에 다행히도 담당 과장과 사무관이 곧장 등장.

통영의 심각한 경제현실을 설명하면서 시작한 성동조선의

안정산단 회생과 관련해서 집중 토론을 하고 낼모래 발표하는 조선산업회생을 위한 정부종합대책에 우리의 목소리를 담겠다는 약속을 받아낸다.

통영시청 지역경제과 계장님, 통영상공회의소 회장님, 차장님과 더불어 함께 한, 생애 첫 세종시 방문이었고 기분 좋은 토론과 결론이었다.

그런데 짧게 끝낸다고 끝낸 회의가 1시간 이상이 훌쩍 지나버렸다. 6시10분에 시작하는 방송을 위해 서울 충무로에 있는 MBN방송사까지 5시30분까지는 가야하는데 이를 어쩌나~.

급한 김에 택시를 잡아 탔다. 세종시에서 서울 충무로까지 내비게이 예측시간 5시55분 도착이었는데 고속도로는 끝없이 막힌다. 오늘 출연료 택시비로 날릴 각오는 했지만 '방송 빵꾸'까지는 생각을 못했는데, 속이 탄다. 이제 겨우 기흥 지나는데 택시의 미터기는 10만원을 훌쩍 넘고. 출연해야 출연료를 받는데 이를 어쩌나~흑흑흑^^ 그래도 산자부 조선해양플랜트과 과장님과의 기분좋은 합의에 위안을 삼는다.

택시 미터기와 시계를 외면하며 막히는 고속도로 위에서
양문석 씀

# 고성 개천면 보리수동산의 아이들

아동복지시설 보리수동산의 선생님들의 헌신적인 아이들 돌봄에 눈시울을 붉혔습니다. 선생님들이 이 아이들의 엄마며 아빠였습니다. 아이들이 구김살 없이 성인들도 공연 중에 웃음 지으며 눈 맞추지 못하는데… 공연 내내 아이들은 밝고 맑게 웃으면서 당당하고 의연하게 어른들을 웃기고 울립니다. 이렇게 맑고 밝게 키워 주신 보리수동산의 선생님께 깊은 존경을 드립니다.

꼭 지킬게요. 오늘 새벽에 한 그 약속은~.

# 찰나의 기쁨을 위한 긴 고난의 시간?
## -그냥 삶일 뿐이다!

아무리 힘들어도 오로지 앞만 보고 걸었다는 성공한 이들의 인터뷰. 뒤돌아본 적도 심지어 옆조차 기웃거리지 않고 오로지 앞만 보고 달렸다는 성공한 이들의 인터뷰. 쩝.

나의 지난 3년은 힘들 때마다 뒤를 쳐다보며 후회했고, 괴롭고 어려울 때마다 옆을 기웃거리며 도망갈 궁리의 연속이었는데…

뒤돌아보며 후회도 하고 옆 기웃거리며 도망갈 궁리도 하며 견뎌낸 시간들이 어느덧 제 삶의 자양분이 돼버렸네요.

'짧은 기쁨 긴~고통'이 아니라 '긴~고난에 짧은 기쁨' 그리고 그 기쁨을 느끼는 바로 그 순간부터 다시 시작되는… 찰나의 기쁨을 위해 다시 긴 고난의 사이클을 나만 타고 견디는 게 아니라는 것. 누구나 그렇게 하는 그냥 삶일 뿐이라는 것을 지난 3년이 제게 준 교훈입니다.

남새밭에서 캐 온 채소 몇 단 깔아놓고 쪼그리고 앉아 해질녘을 기다리는 백발의 어머니들… 만선은 고사하고 몸만 다쳐 와서 선원 출신 장애인협회를 만들고도 아직도 지원과 협찬 한 푼

없이 오로지 버텨내는 선원 출신 형·아우들… 칼바람 맞으며
꼭두새벽 버스에 실려 가는 굴, 멍게 박신장 엄니들과 누이들…

## 새해 새아침

새벽에 통영 도착 후 고성 남산 해돋이 벽방산 해돋이 행사 후 미륵산을 올랐습니다. 맑은 하늘을 배경 삼아 좀 어색한 복장인 양복 입은 채로 한 컷 찍었습니다. 벌겋게 달아 올라 빠르게 치솟는 오늘 새벽을 뛰어넘는 해처럼 우리의 삶도~~~

## 4시간 자고 20시간 뛰다

밤 12시30분, 오늘 하루 일과를 끝냅니다. 많은 형님들 앞에서 약속했습니다. 4당5락이라는 형님들의 채찍질을 새기며 4월3일까지 남은 79일 동안 시현해 보이겠다고 얼떨결에 약속해 버렸네욤~

밤마다 불 켜진 술집을 찾아갑니다. 새벽마다 불 밝힌 수협 어판장–직업소개소–조선소 출근버스 정류장 등을 배회합니다.

노골적인 적대적 눈길은 더 잘하란 채찍질로, 뿌리치는 악수는 내일은 보다 나은 모습으로 다시 찾아뵙겠다는 결의로 무장합니다. 이미 지난 6.13지방선거에서 강석주 현 통영시장을 수행하며 겪었던 일입니다.

4시간 자고 20시간을 뛰어 볼 생각입니다.

# 참 미안한 상가 방문

텅텅 빈 가게를 들어설 때마다 긴장합니다. 옆 집 가게 폐업하고, 앞 가게 문 닫았다며, "너희 때문"이라고 하시는 분들의 원망으로, 논쟁도 반박도 못하고. 인과관계 따져 뭐하리.

"살려내겠습니다. 통영·고성에서 조선 산업만은 기필코 살려내겠습니다. 조선 산업 점차 나아지고 있는데 이를 받아먹을 기업이 제대로 없습니다. 반드시 지역기업으로 올 하반기에는 수천 명의 통영·고성형 일자리를 만들어내겠습니다" 하면 외려 질타하시다가 "꼭 좀 그렇게 해주이소. 부탁합니다" 하십니다.

# 더불어민주당 경남도당

-경상남도 당정협의회

어제 오후, 더불어민주당 경남도당과 경상남도가 경남의 미래를 논의하는 자리를 가졌습니다.

이 자리에서 국도 77호선 교량 가설, 신아sb 조선소 토양오염 정화처리, 통영시 가족센터 건립 등 통영·고성 주요 현안사업의 예산 확보를 위해 함께 노력해줄 것을 당부드렸습니다.

앞으로도 긴밀하게 소통하며 통영·고성의 발전을 만들어가겠습니다.

## 내게 중앙시장이란

갈 때마다 어머니 친구들의 어머니에 대한 기억과 어머니의 짧은 생애를 안타까워하는 한숨소리와 눈물에 매번 울컥하는 곳. 초등학교 1학년 때부터 옷 노점상 어머니와 함께 살았던 삶 터.

중앙시장 장똘뱅이로 가판에서 점심과 저녁을 때우기가 일쑤였고. 지금 같은 설 명절 대목 땐 옆집 가게의 전깃불 빌려와서 혹독한 바다바람을 견디며 밤 11시까지 버텨내던 곳.

"석아 창고가서 백양 남자 난닝구 95 닷장하고, 쌍방울 흰 빤스 100 세장 빨리 가오이라."

지금은 없어졌지만 어머니가 말씀하시는 창고인 메리야스 도매점 '고대상회'를 하루에도 수십 번을 달려가 손님이 원하는 칫수와 갯수를 챙겨와야 했던 곳.

돌아가신 그 날도, 내가 중3 때 처음으로 노점상을 면하고 얻었던, 2평도 되지 않는 전세 점포를 지켰던 어머니의 흔적이 그대로 남아 있는 곳. 아직도 그 점포는 옷가게를 하고 있는 곳.

그래서 매번 시장을 들어갈 때마다 심리적으로 힘겨운 곳이 중앙시장이다.

# 이번에 떨어진 양문석입니다

오늘만 통영에서 초중학교 총동창회 체육대회가 4곳. 아침에 50분가량 친구들과 축구를 하고, 한산중, 추도초, 도산중까지 인사를 합니다. 어느 학교는 동기들 천막만 가서 인사하고, 어느 학교는 동기들과 본부석까지 가서 인사를 하고 어느 학교는 모든 천막을 일일이 다 돕니다. "이번에 떨어진 양문석입니다"하고 인사를 합니다. 박장대소가 터져 나옵니다. 동기들이 웃습니다. 본부석 귀빈들이 미안해합니다. 모르는 후배들이 앉은 어느 천막에서는 "떨어진 게 자랑입니까. 내년에는 붙어서 오이소"하며 환하게 웃으며 손을 내밀어줍니다. 내미는 손길마다 따스함이 묻어 있습니다.

하지만 아직까지 제가 수양이 덜 된 모양입니다. 내미는 손길이 아니면 굳이 악수를 청하지 않습니다. 제 마음에 제가 부족한 것은 생각하지 않고 서운함이 여전히 남아 있나 봅니다.

그런데 어느 천막에서 얼굴을 붉힙니다. 반갑게 맞아주는 5칸 위 선배들 천막에서 내미는 손길마다 감사히 악수하고 있는데 "오데고?" 하고 묻는 말에 "민주당입니다."라고 인사를 했더니 "얌마 빨리 사라져라." 합니다. 넉살좋게 "아~ 예~ 죄송합니다" 하고 빠져 나옵니다. 옆 천막에서 인사를 하고 있는데 예의 그 양반이 저를 쫓아와서 "어이~ 민주당! 얌마 당장 꺼지라"고 소리를 지르며 어깨를 밉니다. 저랑 함께 있던 후배가 제게 시비 거는 사람과 저 사이에 들어서며 몸으로 막습니다. 제가 할 수 있는 행동은 그 사람을 '쏘아 보는 것'뿐입니다. 그리고 물러섭니다.

이런 상황에서, 십중팔구 참아야 하는 게 맞다고 하겠지요. 갈수록 내공이 쌓이는 게 아니라, 갈수록 내공이 깎이는 것 같아 참 많이 슬퍼지네요.

# 통영 굴 좀 사주이소

통영에서는 꿀이라 합니다. 꿀 공장이라 합니다. 일찍이 돌아가신 우리 어머이도 다녔던 곳…

꿀 공장. 조선 산업 몰락으로 5만개 가량의 일자리를 잃은 곳, 고용위기, 산업위기 지역… 그나마 거의 유일하게 통영의 경제를 지탱하는 수산업… 금년 9월부터 내년 4월까지 거의 3만 명에 가까운, 평균 60세 이상의 여성노동자들이 굴까는 작업장(꿀 공장)에서 번 돈으로 통영 멕여 살립니다. 어머이, 누님들이 손목관절, 팔목관절, 목관절을 혹사하며 생산하는 굴(통영 꿀) 좀 사주세요. 정치? 선거? 다 집어치우고 우리 동네 어머이, 누님들 좀 먹고 살게 도와주세요.

# 통영고성의 저력! 418억 확정

강석주 통영시장의 힘! 296억 확정, 백두현 고성군수의 힘!

## 통영시, 어촌뉴딜300 공모에 5곳 선정

산양읍 달아항·학림항·영운항, 사량면 내지항, 한산면 봉암항 선정
탈락한 대항·동부·동좌·북구항은 여객선 기항지 개선사업에 선정

통영시 산양읍 달아.학림.영운항과 사량면 내지항, 한산면 봉암항 등 5개 어항이 해양수산부의 '2020년 어촌뉴딜300 공모사업'에 선정되어 총사업비 418억 원을 확보했다.

또한 이번 공모사업에 탈락한 산양읍 추도 대항항과 용남면 지도 동부항, 한산면 동좌항, 욕지면 두미도 북구항 등 4곳은 '여객선 기항지 개선사업'으로 선정되어 사업비 93억 원을 확보하게 됐다.

〈출처:통영신문(http://www.tynewspaper.co.kr) 2019.12.16.〉 기사 발췌

# 고성군, 어촌뉴딜 300사업 3개소 최종 선정

사업비 300억 원 확보

지역주민 중심의 어촌기반 획기적 변화

완전히 새로운 고성 추진

　　고성군은 해양수산부가 주관하는 2020년 어촌뉴딜 300 사업 공모를 통해 하일면 동문항, 회화면 당항항, 거류면 당동항 등 3개소가 최종 선정됐다.

〈출처:고성신문(http://www.gosnews.kr) 2019.12.13.〉 기사 발췌

# 중앙시장 노점상 아들
# 양문석 국회의원 도전기

" 할머니의 시린 무릎과 상인회장의 눈물

"니가 회장대모 저어다 문을 좀 달아주라. 추버서 몬살것따" 노점상인 80세 가까운 채소장수 할머니가 벌벌 떨면서 중앙전통시장 회장 선거운동 할 때 지금 회장한테 하신 말씀이라네요. 재래시장 입구에 문을 달수는 없고. 손을 잡고 하염없이 같이 울기만 했답니다. 오늘 중앙시장 상인회장님께서 강석주, 양문석에게 "정치는 눈물을 같이 흘리는 거"라시며~ (2018년 3월 29일) "

# 예비후보 등록하고

어제 처음으로 파란잠바를 입고 50대 축구동호회(오공회)를 찾았습니다. 통영을 '축구의 메카'로 만드는데 기여하겠다고 했습니다. 김호, 김호근, 고재욱, 이종화, 김종부, 김도훈에 이어 최근 세계적인 수비수로 각광받는 김민재를 키워낸 도시 통영. 김민재의 아빠도 '오공회' 멤버고, 어제 그 자리에 있었습니다.

오후 5시 배로 옥녀봉의 땅 사량도에 들어가 어제 밤과 새

벽을 '상도(윗섬)'에 머물며 가게마다 경로당마다 일일이 찾아 인사하고 오후에는 '하도(아랫섬)'로 들어가 친한 형님들 찾아 뵙고 경로당 다 들러 세배하며 어르신들의 호된 질책과 따뜻한 격려를 체감했습니다.

오후 3시 배로 들어와 4시부터 미수동-산양읍-선거사무실-시청-장례식장-식당 등을 헤매며 등록 이틀째 일정을 소화하고 있습니다.

'모든' 정치인을 겨냥한 불신의 표출과 지역경제의 어려움을 헤쳐 나갈 때 앞장서 줄 정치인에 대한 기대가 교차하는 듯합니다.

호된 질책과 따뜻한 격려를 기억하며 개미다리만큼의 진보일지언정 함께 앞으로 헤쳐 나가겠습니다. 내일은 새벽에 한산도 들어가는 첫 배를 탑니다.

# 보소~ 나 좀 살려주소
## -오늘 새벽 고성 인력사무소에서

꼭두새벽에 통영 용남면 견유위판장에서 곧장 고성읍으로 가서 직업소개소, 소위 인력시장을 6시10분쯤부터 4군데를 찾았다. 가장 먼저 들린 인력사무소에는 이미 막판이 된 일거리를 기다리는 대여섯 명의 일용직 노동자들이 작은 전기난로 주변에 옹기종기 서 있다.

"저(양문석)도 좀 불 쬐고 가면 안 될까요?" 그래도 된단다. 작은 틈새를 통영 시의원 김용안 형님과 함께 낑겨 들었다. 이런저런 질문과 대답이 마무리되는 시점에 양문석 또래의 한 일용직 노동자 왈 "보소~ 나 좀 살려주소. 우리 아~들 공부는 시켜야 안 되것소. 통영고성이 다시 살리면 조선소 빼고는 없소. 아까 말했던 것처럼 성동조선(안정국가산단)에서 가을에는 꼭 배 좀 만들게 해주소."

지난 해 가을 80대 할머니의 "우리 아~ 좀 살려 주소" 이후 가장 가슴 시큰한 사건이다.

# 반드시 이기겠습니다

오늘 개소식에서 이해찬 당 대표님께서 해주신 말씀을 전해 봅니다.

"통영은 이순신 장군이 학익진 전략을 펴서 왜군을 물리친 역사적 전통을 가진 도시입니다. 이곳에서 4월 3일 보궐선거를 합니다. 자유한국당 후보가 불법자금을 받아서 의원직을 상실했기 때문입니다. 저는 양문석 후보에게 공천장을 줬습니다. 양문석 후보는 이 지역이 키워낸 보배 같은 사람입니다."

개소식을 마치고 민주당의 큰 어른이신 이해찬 대표님을 비롯한 여러 동료, 선후배 정치인들을 모시고 제가 어려서부터 뛰어놀던 중앙시장으로 향했습니다. 늘 뵈는 상인분들이지만 오늘따라 더 반갑고 제 발걸음에도 더욱 힘이 났습니다.

반드시 이기겠습니다.

통영고성의 겨울을 끝내고 반드시 다시 봄을 불러오겠습니다!

이제는 양문석입니다.

이제는 양문석에게 기회를 주십시오.

# 함께 해주신 여러분이 역사입니다

오늘 강구안에 함께 해주신 당원 동지, 시민 여러분.

양문석을 지지하기 위해 나오시고 경청해주신 모든 분들께 뜨거운 감사의 인사 전합니다.

신아SB조선소 회생을 통해 스웨덴 말뫼의 눈물이 아니라, 통영의 웃음꽃이 피는 희망의 땅으로 기필코 만들겠다는 민홍철 도당위원장의 약속을 기억해주십시오.

힘 있는 집권여당 국회의원 후보 양문석을 선택하시면 꿈이 현실이 됩니다.

양문석의 꿈이 통영 고성의 꿈입니다.

꿈을 위해 한발 더 뛰겠습니다.

# 엄마~ 나 챔피언 먹었어

유세활동 중 만나신 어르신께서 마주잡은 손을 번쩍 들어 올리십니다.

문서가~ 니가 챔피언이다. 니가 금메달이다. 니가 일등이다.

아부지~ 열심히 할게요. 잘~ 할게요. 믿어주셔서 억수로 고맙십니다.

## 따뜻한 마음에

오늘 아침 배둔장터에서 여러분을 만났습니다.

"아이고~ 고생이 많다. 힘들어서 우짜노. 밥은 먹고 댕기나."하시며

두 손 꼭 잡아주시는 어머님들의 따뜻한 마음에

봄을 시기하는 꽃샘추위가 느껴지지 않습니다.

더불어 함께 하니 늘 든든합니다.

더욱 열심히 뛰겠습니다.

반드시 승리하겠습니다!!

# 양문석이 뛰면 약속은 현실이 됩니다

지난 22일 국토교통위원회 더불어민주당 간사인 윤관석 의원은 통영을 방문하여 한산대교 건립 관련 간담회에 참석하여 지역민들의 의견을 청취했습니다.

이후 '최정호 장관 후보자 인사청문회 서면질의'를 통해 최 후보자에게 "지역경제 및 관광산업 활성화 등을 위해 한려해상국립공원의 주요 거점을 연결하는 도로망이 잘 구축될 필요가 있다"는 답변을 이끌어 냈습니다. 국토교통부 장관 후보자가 공식적으로 한산대첩교 구축 필요성을 인정한 것입니다.

윤관석 의원은 "국내관광 활성화 및 지역균형 발전을 도모하기 위해서 한산대첩교가 건설되어야 할 것"이라며 강조하며 앞으로도 계속 추진해 나갈 의사를 분명히 밝혔습니다.

능력있는 집권여당의 후보 양문석과 윤관석의원이 함께 이룬 결과입니다.

이제 양문석 후보가 국회에 가서 마무리해야 합니다.

# 따뜻한 봄볕이 되어 드리겠습니다

오늘은 고성 장날이었습니다.

어린 시절 어머니 따라 옷 꾸러미 짊어지고 장터 찾아다닌 기억이 납니다.

어머니의 고향인 고성은 언제나 엄마 품처럼 포근합니다.

하지만

완연한 봄날의 햇볕은 따사롭지만

우리 고성군민 여러분, 통영시민 여러분들의 마음은

아직도 겨울인 것만 같아 마음이 아립니다.

당당한 집권여당의 후보 저 양문석!

4월 3일 반드시 승리하여

고성군민들에게도, 통영시민들에게도

따뜻한 봄볕이 되어 드리겠습니다.

# 지금까지 이런 선거팀은 없었다!

극한선대위! 최강의 드림팀!
최강의 어벤져스를 소개합니다.

### 통영·고성 선거대책위원회

▶ 상임선대위원장: 정세균 전 국회의장, 추미애 전 대표, 민홍철 경남도당위원장

▶ 공동선대위원장: 박주민·설훈·김해영 최고위원, 안민석·송영길·최재성·민병두·우상호·박범계·전해철·신경민·김두관·김정호·서형수·제윤경 의원 등

▶ 전략기획본부장: 이원욱·이철희·홍익표 의원

▶ 홍보소통본부장: 조응천·표창원 의원


### 통영·고성 지역의 현안과 숙원사업 해결을 위한 대책본부

▶ '통영형 일자리위원회' 위원장: 전현희 의원. 양문석 후보

▶ 한산대교건립 및 구도심재생추진본부장: 김병기·김병욱·윤관석·윤준호·전재수 의원

▶ 교육 및 보육환경개선본부장: 박용진 의원

▶ 보건의료개선 및 응급아동실설립추진본부장: 기동민·신동근 의원

▶ 서부경남KTX추진본부장: **박재호·박홍근·윤관석 의원**

▶ 조선 및 제조업부활추진본부장: **권칠승·최인호·홍의락 의원**

▶ 고용안정본부장: **한정애 의원**

▶ 농축수산업발전본부장: **박완주 의원**

▶ 선대위 대변인: **이재정 의원**

# 끼룩끼룩 섬 유세

통영에 몇 개의 섬이 있는지 아시나요?

유인도 43개를 포함하여 약 570여개의 섬이 있습니다.

섬에 가보셔야 통영을 제대로 느끼고 즐기실 수 있습니다.

(양문석의 강력추천!!)

당연히 유세 일정 중에도 섬 방문은 필수입니다.

섬 지역민들에게 "제가 양문석입니다"하고 인사도 드리고, 생활에 어떤 불편한 점이 있는지 듣기 위해 내일은 섬으로 떠납니다. 한산도와 욕지도에서 여러분을 뵙겠습니다!

# 섬은 힘차다

오늘 한산도와 욕지도를 다녀왔습니다.
친아들처럼 반겨주시는 어무이, 아부지들의 미소에
제 입꼬리도 함께 올라갑니다.
예상보다 더 큰 환대에 섬에서 태어났어야 했나 하는
실없는 생각으로 혼자 씩 웃어 보기도 합니다.

양문석에게 섬은 언제나 힘찹니다.
양문석에게 섬은 언제나 행복입니다.

내일은 사전투표가 시작되는 날입니다.
투표해 주십시오.
양문석에게! 통영시민에게! 고성군민에게!
힘을 주십시오.

# 투표로 여러분의 목소리를 내어 주십시오

통영과 고성 곳곳을 누빌 때 여러분이 하시는 말씀은 늘 한 가지입니다.

힘들어서 못살겠다.
제발 일자리 좀 만들어 달라.
제발 통영·고성 경제 좀 살려 달라.

절절한 하소연에 눈물이 납니다.
피가 끓습니다.

답은 하나뿐입니다.
여러분의 투표만이 통영·고성, 고성·통영을 바꿀 수 있습니다.
투표해 주십시오.

# 부끄럽지 않은 아빠가 될게

제 눈에는 여전히 다섯 살 꼬마 같은 우리 서현이가 어느새 이렇게도 커 버렸네요.

뒤돌아서서 남몰래 눈물을 훔쳐봅니다.

남의 집 딸 결혼식만 가도 우리 딸 시집보낼 생각에 눈물이 왈칵 쏟아지는 딸바보 양문석!

우리 딸 서현이에게, 우리 아들 서우에게, 영원한 동지이자 늘 고마운 친구인 아내 영희씨에게…

부끄럽지 않은 정치를 하겠습니다.

# 저도 한판승을 따내겠습니다.

반가운 얼굴입니다.

김재엽 유도 금메달리스트를 비롯해 통영고성 국기원 태권
도위원회 등이 양문석 지지선언을 하셨습니다. 지역 체육계에
서도 양문석을 지지하는 발길이 이어졌습니다. 고맙습니다.

저도 4월 3일 한판승!
꼭 해내겠습니다!!

# 밥 한 그릇

오늘 북신시장 유세에서 말씀드렸습니다.

앉아서 뜨신 쌀밥에 뜨신 국 한 사발 놓고 마음 편하게 밥 한 그릇 먹어보고 싶다고.

남은 내일 하루. 원 없이 열심히 뛰고 난 뒤, 뜨신 밥 한 그릇 먹겠습니다.

내일 또 뵙겠습니다!

# 우리가 바로 봄입니다

고맙습니다.

오늘의 유세현장은 봄이었습니다.

바람결에 날리는 벚꽃잎을 맞으며 양문석의 승리를, 우리의 승리를 외치는 우리는 봄, 그 자체였습니다.

4월 3일 내일! 우리는 다시 봄을 마주할 것입니다.

통영과 고성, 고성과 통영에 다시 봄이 돌아왔음을 함께 기뻐할 것입니다.

여러분~ 잊지 마시고 투표해 주십시오.

그리고 주변 이웃 모두가 투표할 수 있도록 독려해 주십시오.

투표가 곧 우리의 힘이요, 봄입니다.

# 감사합니다

우리 딸, 아들한테, 집사람한테 한 치도 부끄럽지 않게 선거법 지키며 정정당당히 임했습니다.

보수~ 진보~ 다 뛰어넘어 도와주신 우리 운동원들께, 통영을, 고성을 살리고자 혼과 신을 다해 뛰어주신 수많은 시민들과 군민들 앞에서 한 치의 부끄럼 없이 뛰었습니다. 전국에서, 통영에, 고성에 봄날 같은 따뜻한 눈길 따사로운 손길 주신 국민 여러분께 감사드립니다. 고맙고 고맙습니다.

2019. 4. 2. 밤 10시 35분
양문석 올림

# 110일의 여정을 마치며, 감사하며~

참으로 많은 이야기를 듣고, 보고, 느끼며 달려온 110일의 선거운동이었습니다. 통영·고성이 힘들고 아프며 신음하고 있는 현실에서 함께 참 많이 울었습니다.

귀향해서 보낸 지난 4년, 제 평생에 경험했던 것보다 훨씬 더 많은 것을 배우는 과정이었습니다. 개인의 명예욕과 권력욕이 출발점이었다면, 이제는 지역공동체를 위해 '의미있는 역할'을 하는 것이 정치라는 것을 깨달은 시간이었습니다.

통영·고성 유권자들께 깊은 감사를 드립니다. 통영·고성에서, '우리의 승리'를 위해서 헌신적으로 함께 해주신 동지들께 감사드립니다. 전국에서, '우리의 승리'를 위해서 통영·고성을 찾아주시고 통영·고성 바닥을 헤매고 다니며 함께 해 주신 모든 분들, 후원계좌를 꽉꽉 채워주신 모든 분들께 진심으로 감사드립니다.

어제가 오늘과 다르듯이, 내일이 오늘과 다를 수 있게 양문석의 삶 또한 달라져야겠습니다. 비록 우리는 선거에서 패배하였지만, 정치에서 승리했다고 감히 자부합니다. 불신과 비난받는 정치가 아니라 신뢰와 칭찬받는 정치를 내일부터 다시 시작하려 합니다.

오늘까지 지지해주시고 후원해 주신 모든 분들께 진심으로 감사드리고, 이를 보답하기 위해 제대로 된 삶의 정치로 다시 보답하겠습니다.

고맙습니다.
2019.4.4. 깊은 밤에 양문석 드립니다.

# 낙선사례, 그리고 긴~ 하루~

아침부터 걸어서 통영의 서호시장, 중앙시장, 북신시장 등 3대 재래시장을 돌면서… 많은 분들이 눈물을 글썽이신다. '이 일을 우짜노' '미안하다' '내년에는 꼭 되끼다' 등 격려와 위로와 안타까움이 마구 섞인다. 노골적으로 싫어하던 분들도 오늘만은 우호적이다.

미안코 아리다.

고성읍을 유세차로 몇 바퀴 돌고 통영 시내를 이리저리 오후 내내 돌면서, "양문석입니다. 지지와 성원 고맙습니다. 더 열심히 하겠습니다" 하면 하나같이 손을 흔들어 주시고, 가게 안에서 손 흔들고, 문 밖으로 뛰어나와 손 흔들며 엄지 척하신다. 많은 분들이 차안에서 손 흔들고 차창 내려 엄지척 하시면서 "양문석 화이팅"을 외친다.

밤이 되자 곳곳에서 쉴 새 없이 전화가 온다. 한 잔 걸치고 있다며 "괜찮아?"라고 묻는다. 몇몇 형님들은 흐느낀다. 또 다른 하루, 긴~ 하루를 끝낸다.

# 통영·고성에 대한 야무진 생각

〈출처 : 한산신문(http://www.hansannews.com)2019.9.27. 만평〉

# 통영이 분노해야 하는 이유

남해EEZ 골재채취단지 지정기간 연장, 누구의 책임인가?

이명박 정권의 적폐와 박근혜 정권의 거짓말이 남해안 어민들 특히, 통영의 어민들 생존권을 위협하고 있다. 바다생태계 보존을 위해, 바닷모래 채취는 국책용 건설사업에만 허가하는 제한적 모래채취 정책이었다. 한데 이명박 정권이 국민들의 반대여론에도 밀어붙인 4대강 사업을 위해, 2010년 8월, 민수용까지 확대, 거의 무제한적 바닷모래 채취정책으로 변질시킨다. 바다생태계 보존을 위한 최소한의 바닷모래 채취정책이 이명박 정권의 무모한 강의 생태계 파괴정책이었던 4대강 사업을 위해 바다의 생태계마저 교란시키고 파괴한 것이다.

이렇게 강의 생태계를 파괴하기 위해 바다의 생태계마저 교란시키고 파괴시킴으로써 과연 누가 이익을 가져갔나?

먼저, 건설업자들이다. 이명박 정권은 '건설업자를 위한, 건설업자를 위해' 일한 정권이다. 문제는 건설업자들이 값싸게 바닷모래를 거의 무제한적으로 채취해서 번 돈은 거의 다 건설업자들의 호주머니 속으로 들어갔다. 반면, 거의 무제한적 바닷모래 채취로 인해 바다의 생태계는 교란되고 파괴됨으로써 바다를 터전으로 살아가는 어민들은 생존권마저 위협받는 상황으로 내 몰렸다. 대규모 바다모래 채취로 지난해 연근해 어업 생산량이 92만 3000톤에 그쳐 44년 만에 처음으로 100만톤이 붕괴됐다. 역대 최대 생산량을 기록했던 1986년도의 173만톤과 비교하면 절반가량 감소한 수준이고, 통영특산품인 멸치 어획량만 봐도 이미 반 토막 났다.

둘째, 국토부 공무원 한 명의 일자리를 위해 수많은 어민들이 희생당하고 있다. 이명박 정권이 지난 2010년 8월 바닷모래를 국책용으로 한정됐던 채취허가를 민수용까지 확대 공급키로 결정한 직후인 같은 해 12월, 한국골재협회는 국토부 출신 공무원을 선임, 현재까지 국토부 출신 공무원이 상임 부회장을 맡고 있다. 수많은 어민들 생계와 일자리를 위협하면서 국토부는 국토부 출신 공무원 한 명을 취직시킨 것이다.

셋째, 박근혜 정부가 선언했던 관피아 척결의 실체는 도대체 뭔가? 관피아 척결을 위해 도대체 어디에서 뭘 했는지 궁금할 따름이다. 이들 국토부 출신 공무원들이 한국골재협회 상근부회장직을 차지하며, 국토부의 정책에 압력을 가한 결과, 또 다시 지난 2월28일 남해안 배타적 경제수역 골재채취단지 지정기간을 연장하는 결정을 내린 것이다. 어민들은 죽든지 말든지 국토부는 자기 부서 출신 공무원 한 명의 취직을 위해 바다의 생태계를 파괴하고 어민들의 터전을 불태우는 정책을 아무런 부담 없이 결정한 것이다. 박근혜 정부 내내 그렇게 척결을 다짐했던 관피아가 골재협회의 상근부회장으로서 수억 원의 연봉을 챙겼고, 상근부회장의 업무추진비는 국토부의 관련 부서 공무원에게 골고루 뿌려졌을 것이다. 바다의 생태계를 교란 파괴하고, 어민들에게는 희생을 강요하면서 얻은 국토부의 '이익' 치고 참으로 초라하다.

백번양보해서 이들은 그렇다 치고, 통영시장과 통영시 국회의원은 도대체 뭘 했는가 묻지 않을 수 없다. 어민들의 고통은 통영시장과 상관없고 통영시 국회의원과 관계없는 먼 달나라의 이야기인가? 이들도 혹여 유착되어 있는가? 아니면 무능한 것인가? 그것도 아니면 게으른 것인가?

민생으로부터 이탈한 채 자신들만의 리그에서 자신들끼리만 '상생'하는 국토부 전·현직 공무원의 작태, 어민들의 희생을 강요하며 국토부 공무원과 건설업자들 간의 이익을 위한 유착관계. 이를 버젓이 눈 뜨고 방관하는 통영시장과 통영시 출신 국회의원. 언제까지 이들의 못된 행태와 유착관계를 지켜봐야 하는 지. 참으로 우리 통영시민들은 우리 어민들은 지지리도 복도 없다. 하지만 한숨만 쉴 순 없다. 이제 싸워서 바꿔야 한다. 책임을 물어야 한다. 썩어서 문드러진 곳은 도려내서 새살을 돋게 해야 한다. 바다의 생태계를 보존하고, 어민들의 삶의 터전을 지키기 위해 저들에게 엄중하게 책임을 물어야 한다. 그래야 해결할 수 있다.

# 조선 산업, 방관하지 않겠다

조선업 경기 불황으로 2015년 말 이후 1년 8개월 사이 거제 지역 조선업 노동자 10명 중 3명이 일자리를 잃은 것으로 조사됐다. 지난 18일 김종훈(새민중정당·울산 동구) 국회의원이 밝힌 고용보험 피보험자 통계자료 분석에 따르면, 거제 조선업 고용보험 피보험자는 2015년 말 7만 6098명에서 2017년 8월 말에는 5만 2809명으로, 2만 3289명 감소했다. 전체 31% 수준, 고용보험 피보험자가 줄어들었다는 것은 곧 실업자가 증가했다는 것을 의미한다. 다시 말해 10명 중 3명이 실직했다. 불과 1년 8개월 만에.

거제만의 문제가 아니다. 통영시도 조사해 보면 상황이 심각할 터. 협력업체까지 실직자 수를 더하면 거제와 크게 다르지 않을 것이라 짐작한다. 조선해양산업의 경기가 호황일 때는 삼성중공업과 대우조선해양이라는 세계적인 거대 기업 2개가 있는 거제뿐만 아니라 통영도 좋은 시절을 누렸다.

하지만 조선해양산업의 불경기와 대우조선해양의 고전은 통영시민들에게도 고통스러운 생활을 강요한다. 많은 가게가 문을 닫고, 부도난 조선소는 시내 한 가운데 흉물처럼 버티고, 앙상한 흔적만 남긴 채 폐허로 변한 지 오래다.

대우조선해양을 보면 본사 직원 중 통영시에 사는 직원이 90명, 협력업체에 종사하고 있는 노동자가 1053명이다. 대우조선해양에 납품하는 협력업체 노동자를 포함하면 숫자는 크게 불어난다. 통영의 지역경제를 위해서라도 성동조선, STX 등 중견 조선소뿐만 아니라 삼성중공업, 대우조선해양 등 빅2의 고전을 방관할 수만은 없다.

《한산신문》 2018.4.13

# "간개기간 공무원님들,
# 욕지 마이 도아조서 감사합니다"

주 기치가 '아하~욕지, 욕지~아하~'인 욕지개척 129년째를 기념하는 섬문화 축제가 21일 오전 통영시 욕지도에서 진행됐다. 태풍이 온다는 일기예보로, 행사 관계자들은 아마도, 소풍갈 어린이가 날씨 걱정하며 뒤척이듯 뒤척였을 터. 비록 연단 위의 묵직한 연설대가 바람에 밀려 쓰러지고, 쇠못으로 고정시킨 화환들이 날려 넘어질 정도로 바람이 강하게 불었으나, 비가 오지 않아 행사는 순조롭게 진행되었다.

129년. 욕지개척의 시간이다. 청동기시대, 가야시대, 삼한시대, 삼국시대 그 이전부터 이곳에도 사람이 살고 있었다. 비록 행정구역으로 채택된 지는 불과(?) 129년이지만.

눈대중으로 400~500명의 욕지도민과 관광객이 행사장을 가득 채운 이 날 행사에서 많은 이들이 연단에 나와 인사를 했지만 가장 인상 깊은 장면은 통영시 김영관 욕지면장이 욕지를 소개하는 장면이다. 거의 7분에 달하는 장시간(?)의 욕지 소개는 지루할 법도 한데, 생각 밖에 재미가 앞서는 '욕지도 연혁 소개'였다. 마무리 발언이 흥미롭다.

"129년 전부터 여러 행정구역으로 맹칭이 바끼따가 통영시 욕지맨으로 핸재에 이러고 이심미다~ 간개기간 공무원님들이 마이 도아조서 감사합니다."

개막 축제에 욕지면 소재 원량초등학교 아이들과 욕지의 어르신들이 신나게 풍물을 친다. 남녀노소 40여 명이 엮어내는 막판 휘모리장단은 보는 이, 듣는 이, 느끼는 이들의 어깨를 들썩들썩~오르락내리락 흥을 돋운다. 좌우로 포진한 어르신들과 중앙을 차지한 아이들이 펼치는 환상의 하모니는 감동이다. 꽹과리, 장구, 북, 징이 내는 소리에 할머니, 할아버지, 손자, 손녀들이 엮어내는 신명난 표정이 어우러지면서 여느 오케스트라 못지않다.

특히 오래된 영화 〈오세암〉의 어린 동자승 같은 섬마을 아이 표정은 압권이다. 1970년대 어린이뿐만 아니라 중고등학생들의 머리모양인 빡빡머리를 하고선, 상쇠(꽹과리를 치며 풍물패를 조율하는 현장 지휘자)를 바라보며 한 박자라도 놓칠세라 온 힘을 다하는 아이의 몰입은 사랑스럽다.

개막식 행사가 본격적으로 진행되면서 '다채롭다'는 표현과 느낌이 절로 나온다. 소방선에서 쏴 올리는 '분수 쇼'는 따가운 10월 햇살을 시원하게 해준다.

행사 주최 측에서 준비한 볼거리, 먹거리 등이 다양하고, 그 중 하이라이트는 '입도재연'이다. 사회자의 발음을, 아마도 통영사람들이 아니면 '동시통역'을 해야 알아들을 수 있었겠지만, 풀어보자면, '섬에 들어오다'의 입도(入島)로, 뭍에서 욕지

섬을 개척하러 들어오는 최초의 가족들이 뗏목을 타고 들어와 내리는 장면을 재현하는 행사이다. 비록 뗏목이 아니고 작은 배를 노 저어 들어오는 장면이었지만. 뭍에서 섬으로 한 가족이 들어오는 것은, 욕지 섬에서 '문명의 시작'을 상징하는 장면이라서 참으로 많은 의미를 떠올리게 한다.

통영사람들에게 욕지도 고구마는 많은 추억을 갖게 하는 욕지명물이리라. 필자의 어린 시절 추억에도 욕지도 고구마가 묻어 있다. 초등시절 축구선수였던 필자가 한국축구의 전형이었던 '뻥축구'를 하면, 특히 골대 앞에서 '뻥'하고 하늘 높이 공을 날려버리면 당시 코치 선생님이 하신 말씀이 새록새록 새로워진다. "얌마 오늘 아침에 욕지고메 묵고 왔나." 밤보다 더 보푼 욕지 고구마는 맛에서는 최고이고, 소화 또한 최고여서 방귀대장 뿡뿡이 보다 더 잦은 '뽕~'소리를 생산한다. 뻥~과 뽕~은~^^

다양한 행사를 체험하고 다시 통영으로 들어오는 뱃길을 잡았다. 통영에서 나서 자랐지만 바다만 보면 아직도 볼 때마다 설레는 가슴이 뱃머리와 꼬리로 걸음을 재촉한다. 뱃머리서 보면 통영이 보이지만 배꼬리에서 보면 저 섬 너머 욕지가 있을 터.

욕지를 뒤로하고 통영으로 향하는 배꼬리에서 찰칵하고 찍은 사진을 보니 화폭에 담긴 아름다운 풍경화다. 점점이 뿌려진 섬들과 끼악끼악 갈매기 울음소리, 여기에 더하여 달리는 뱃길의 흔적을 만들어내면서 쉬지 않고 따라오며, 바라보는 뭍사람에게 하얀 미소를 선사하는 하얀 물거품이 고단한 일상에 잔잔한 위로를 준다.

# "통영에는 '북신시장'도 있습니다"

－양승국 북신시장 상인회장의 간곡한 호소…
　18일 골목형 시장 착공식 열려
－정부 공모사업 당선…
　내년 2월까지 4억 7000만 원 들여 햇빛가림막 등 새단장


18일 오전, 통영시 북신동에 자리한 북신전통시장에서 〈골목형 시장〉 착공식이 열렸다. 2017년도 정부 공모사업인 골목형 시장 육성사업에 북신전통시장이 응모하여 올 3월에 선정, 이날 착공식을 했다. 내년 2월까지 4억 7000여 만 원의 사업비를 들여, 햇빛 가림막, 농수산물직거래장터, 고객카드 시스템 등 16가지 사업을 한다. 이날 현장은 100여 명이 넘는 상인과 손님들로 잔칫집이었다.

거북아파트가 있어 통영시민들에게는 '거북시장'으로 더 많이 알려진 '북신전통시장'은 큰 시장골목을 중심으로 좌우에 전통가옥과 아파트가 있고 대여섯 개의 작은 골목길이 대로변까지 뻗어 형성된 전통시장이다.

김동진 통영시장과 유정철 시의회 의장 그리고 대부분의 도의원 시의원들이 총출동하고, 중앙시장 윤우연 상인회장 등이 축하하러 온 큰 행사다. 김 시장과 유 의장의 인사말 후, 양승

국 북신시장 상인회장이 등장, 꼼꼼히 준비해 온 한 바닥짜리 인사말을 '더듬거리며' 시 낭송하듯이 읽어간다. 으레 그렇듯 지루함으로 몸을 움찔거려야 할 대목인데, 구절구절 수많은 생각이 떠오른다. 그중 가장 귀가 쫑긋한 한 마디.

　"통영에는 중앙시장, 서호시장 말고 북신시장도 분명히 있습니다."

　통영에는 북신시장도 있다고 강변하는 듯, 그동안 중앙시장 서호시장에 밀린 소외감을 표출하는 듯, 시청의 상대적 무관심과 행정지원 미비에 항의하는 듯, 북신시장을 지역구로 가진 시의원들의 무능력을 질타하는 듯, 새롭게 변신할 북신시장에 관심을 가져달라는 듯, 여러 가지 의미로 읽을 수 있는 이 한 문장은 '웃픈'(웃기면서 슬픈) 분위기를 자아냈다.
　중앙전통시장과 서호전통시장은 바다와 맞닿아 있어, 구도심에 사는 시민뿐만 아니라 관광객들이 북적대는 곳이다. 새벽을 여는 시장으로서 서호시장, 아침부터 밤늦게까지 손님으로 북적이는 중앙시장, 저녁을 준비하는 주부들이 주로 찾는 늦은 오후시장으로서 북신시장. 각각 시간대별 특징은 분명하지만, 중앙시장과 서호시장과 달리 북신시장은 관광객들이 거의 찾지 않는 곳이다.

바다와 맞닿아 있지 않아 어물전이 크게 열리지 않는, 통영이 가진 '바다 특산물'의 장점을 살리긴 어렵다. 또 일직선으로 1200미터가량 뻗어있는 시장과 좌우로 열린 대여섯 개의 작은 골목으로 이뤄진 북신시장에 400~500개의 가게와 노점이 펼쳐져 있는데, 관광객을 위한 대형주차장은 고사하고 시민들이 편하게 오기 위한 작은 주차공간마저도 찾기 어렵다. 통영의 3대 시장 중 하나인 북신시장의 열악함을 양승국 회장은 이렇게 낭독한다.

"북신시장은 아직 특화된 스토리가 없는 시장이며, 다른 시장에 비해서 시설 및 재정 등 모든 면에서 열악하고 낙후되어 있습니다. 전통시장으로서 갖추어야 할 공중화장실, 주차장, 아케이드 어느 하나 제대로 갖추어진 게 없습니다."

수십 년 동안 중앙전통시장과 서호전통시장과 비교하면서 상대적 박탈감이 컸을 북신전통시장 상인들이 가진 통영시 행정에 대한 원망이 툭툭 튀어나온다.

"저희 북신시장 상인들은 이런 열악한 환경 속에서도 지금까지 큰 불평 없이 묵묵히 각자 자기 자리에서 열심히 일만 하고 있습니다. 이제는 북신시장 상인들의 목소리에도 귀를 기울여 주시기를 오늘 참석하신 시장님 그리고 여러

의원님께 간절히 부탁드립니다."

양승국 회장의 낭독은 막바지로 가며 점점 더 절절하다. 절대적 박탈감보다 상대적 박탈감이 훨씬 더 큰 정신적 충격을 준다. 수없이 밀려드는 관광객들로 교통이 마비될 정도의 중앙시장과 서호시장의 주말을 보며 북신시장 상인들의 마음은 어떠했을까. 수백 명에 달하는 북신시장 상인들을 대표해서 자신들의 생업의 터를 좀 더 개선하겠다며 아등바등하며 이날 행사를 치러낸 양승국 회장의 마지막 '낭독'이 아직도 귀에 쟁쟁거린다. 예전 같으면 전혀 가슴에 다가오지 않을 의전성 발언으로 치부했을 터인데, 오늘은 긴 여운을 남겼다.

"북신시장을 시민 친화적 시장, 친절한 시장, 가고 싶은 시장이 될 수 있도록 우리 상인회 임원 모두가 함께 앞장설 것을 약속드립니다."

# 통영적십자병원은 왜 응급실이 없을까?

-2011년 9월 낡은 건물 보수 공사 시작하면서 폐쇄
-2013년 10월 다시 문 열었지만 응급실은 운영 안 해
-지역 유일 공공 거점병원… 운영지원대책 마련해야


2011년 9월. 낡은 건물과 시설을 고친다며 통영적십자병원은 응급실을 폐쇄한다. 어느 시민으로부터 제보를 받았다. '서민들의 병원 통영적십자병원에 응급실이 없다는 걸 알고 있나요?' 당연히 필자의 반응은 '설마요? 우리나라 최초로 응급실을 운영한 곳이 서울적십자병원인데 설마 통영적십자병원이 응급실을…'하고 말을 흐렸다.

통영적십자병원 홈페이지를 뒤적거린다. 〈진료안내〉를 클릭한다. 내과, 신경과, 마취통증의학과, 영상의학과, 정형외과, 인공신장실, 진단검사의학과, 신경외과가 나열돼 있다. 응급 관련 진료과목은 없다. 병원 진료시간 안내를 본다. 평일 08:30~17:30, 토요일 08:30~12:30이다. 야간진료 자체가 없다. 급히 서울적십자병원 홈페이지를 찾는다. 〈진료안내〉란에 응급의학과가 있다. 병원 진료시간 안내를 본다. 평일 09:~17:00(응급실 24시). 혹시 해서 대한적십자사에서 운영하

는 인천, 상주, 거창 적십자병원의 홈페이지를 다 훑었다. 빨간색으로 전부 '응급실 24시'가 있다. 유일하게 통영만 없다.

이번엔 기사를 검색한다. '통영적십자병원', '응급실' 두 글자를 넣고 검색한다. 지난 2011년 11월 8일 자 〈한산신문〉의 보도가 뜬다. 〈한산신문〉에 따르면, '건물 및 시설의 노후화로 인해 병원 건물의 전면 리모델링 공사를 실시하게 됨으로 인해 신속하고 고도의 집중적 치료가 요구되는 응급환자 진료에 어려움이 예상되어 응급실을 폐쇄'했단다. 또한 당시 병원 관계자는 '내년 9월경 리모델링 공사가 마무리되면 지역응급의료기관 재신청으로 응급실 운영을 재개할 것으로 밝혔다'고 〈한산신문〉은 전한다.

〈한산신문〉의 보도대로라면, 지금부터 5년 전인 2012년 9월에 낡은 건물과 시설을 고친 응급실이 운영되어야 한다. 하지만 병상 96개로 내부공사를 마무리한 게 2013년 10월로 애초 계획보다 1년 연장되었다. 그리고 2015년에는 14병상을 확충, 110병상을 갖춘 현대식 병원으로 거듭났다. 그런데 아직도 통영적십자병원 응급실 운영재개는 이뤄지지 않고 있다.

없는 응급실이 있는 듯?

왜? 자꾸 의문이 든다. 응급실은 말 그대로 긴급재난 상황에서 긴급의료를 위해 필요한 곳이다. 응급실이 얼마나 중요한가를 다른 말로 설명하지 않겠다. 통영적십자병원의 홈페이지 〈병원소개〉란을 보면 이렇게 적어놓고 있다.

"1905년 10월 대한적십자사가 창설되면서 동시에 적십자병원이 설립… 8·15해방 후 경성적십자병원은 서울에 진주한 미군에 의해 접수되고 다시 서울적십자병원으로 개칭되었으며 국내 처음으로 응급실을 설치하는 등 활발한 의료사업을 전개했다… 현재 대한적십자사에서는 서울병원 외에 인천·상주·거창·통영 적십자병원을 운영하고 있으며, 일반 병원업무 외에 재해 시 긴급의료활동, 전시 상병자(傷病者)의 구휼사업·순회진료 등을 부대사업으로 하고 있다.”

'국내 처음으로 응급실 설치'는 적십자병원의 큰 자랑거리이다. '일반 병원 업무 외에 재해 시 긴급의료활동… 등을 부대사업으로 하고 있다'도 자랑거리임이 분명하다. 하지만 전국의 적십자병원 홈페이지 〈병원소개〉란에 씌어 있는 병원소개 내용은 같다. 하지만 통영적십자병원은 '응급실'과 '긴급의료활동'을 말할 자격을 이미 5년 전에 상실했는데 이를 어쩌랴.

그런데도 버젓이 응급실을 운영하는 것처럼 되어있다. 2013년 10월 7일 〈대한적십자사 공식블로그〉에 통영적십자병원은 이렇게 소개되어 있다.

“통영적십자병원은 내과(소화기 내과), 내과2(신장 내과, 초음파 진료), 외과(복강경 수술), 정형외과(관절수술 특화), 신경외과(척추 질환), 응급실(24시간 응급진료), 마취통증의학(통증클리닉, 수술 마취), 영상의학과(초음파 진단), 건강관리과(공공의료 강화), 96병상을 운영하고 있습니다.”

실존하지 않는 '응급실(24시간 응급진료)'라는 단어를 보며, 거짓말에 대한 분노가 아니라 응급실을 없애야 했던 이유가 설명되지 않아서 더 가슴 쓰리게 다가온다.

그렇다면 과연 통영적십자병원은 통영시민들에게 어떤 곳일까?

"무엇보다 통영적십자병원은 경남권에서 몇 안 되는 공공의료기관입니다. 지금 병원의 위치는 통영항 여객선터미널이 가까이 있어서 나이가 많으신 섬 주민들이 이용하고, 대표적인 전통시장인 서호시장이 주변에 있어 시골 할머니, 할아버지들이 쉽게 찾아오실 수 있지요. 구 도심에 위치한 만큼 생활이 어려운 분들도 병원 문을 쉽게 들어오실 수 있고요."

〈통영인뉴스〉가 2013년 9월 17일, 당시 통영적십자병원 김인호 병원장과 인터뷰하면서 나온 말이다. 전형적인 공공의료기관이다. 통영을 둘러싼 섬사람들을 위한 병원이다. 노인들을 위한 병원이다. 가난한 사람들을 위한 병원이다. 이런 병원에서 전국의 적십자병원이 다 운영하는 응급실이 없을까. 검색하면 할수록 가슴이 답답해진다.

〈한남일보〉에 따르면, 이번 추석 다음 날인 지난 5일, 김동진 통영시장이 통영적십자병원을 방문해 병원장과 지역의 공공 의료서비스에 관해 환담 후, 입원 치료 중인 환자들을 위로하고 추석 연휴에도 불구하고 환자들을 돌보는 직원들을 격려했단다.

도대체 어떤 환담을 했을까? 지역의 공공의료서비스에 관해 환담했다는데, 그중에 응급실 문제는 있었을까? 아니 김동 진 시장은 통영적십자병원에 응급실이 없다는 것을 알고 있을 까? 알고 있으면 어떤 지원을 했을까? 지금까지 지원하지 않 았다면 어떤 지원을 모색하고 있을까?

응급실 공간이 없으면 응급실 공간을 만들 수 있도록 시유 지나 시 소유의 건물을 저렴하게 임대하는 고민을 해야 한다. 응급실의 의료기기가 없거나 부족하면 이를 어떻게 보완 확충 할 것인지에 대해 같이 연구해야 한다. 응급의학과 출신 의사 가 필요하면 어떻게 영입하고, 지원할 것인지를 고민해야 한 다. 시청과 병원의 경영진이 머리를 맞대어야 한다. 섬사람들, 노인들, 가난한 자들은 통영시민이 아닌가? 왜 하지 않는가?
통영의 유일한 지역거점 공공병원인 통영적십자병원에 대 해서 근본적인 고민이 있어야 할 것 같다. 병원의 경영진, 시 청과 시의회, 경남도청과 도의회, 그리고 대한적십자사 보건 복지부 등 중층적으로 얽혀 있는 의사결정단위에서 이 병원을 어떻게 운영할 것이며, 어떻게 응급실을 재개할 것인지에 대 해서. 이를 주도적으로 풀어가야 할 주체는 병원의 경영진과 통영시청이다.
〈병원소개〉란에서 통영적십자병원의 임무가 필자의 눈을 찌른다.

경제적 빈곤이 의료적 빈곤이 되지 않게
의료적 빈곤이 인도적 빈곤이 되지 않게

# 통영시민의 추억과 행복은 어찌라고?

북신만을 콘크리트 장벽으로 가리려는 아파트 공사 허가한 통영시장

고등학교를 진주에서 다닌 필자는 한 달에 한두 번씩 고향 집을 찾았다. 시외버스가 도산면을 지나면서 죽림의 갈대밭 너머에서부터 불어오는 짙은 갯내음에, 졸음에 겨운 눈을 뜨며, 이제 거의 다 왔구나 하는 미소를 짓는다.

하지만 그 미소는 금세 사라진다. 죽림을 지나 원문고개에 이르면 어김없이 군인 한 명과 경찰 한 명이 검문한다. 까만 선글라스와 잘 다려져 각진 군복에 총을 든 군인은 버스 문 앞에 서고, 경찰관은 차 안으로 들어선다. '잠시 검문이 있겠습니다.' 하고는 승객들을 잠재적 범죄자로 취급하며 날카로운 눈빛으로 승객 한 명 한 명을 샅샅이 훑어볼 때 오는 그 불편함. 관음증 환자의 끈적끈적한 눈빛 아래에 발가벗긴 채 앉아 있는 듯한 그 불쾌감.

통영시민들 누구나 겪었던 그 불편함과 불쾌감이 지금은 아련한 추억이 돼 버렸지만, 그땐 어찌 그리도 불편하고 불쾌하던지. 하지만 군경이 준 불쾌감은 이내 차창 밖으로 승객들의 눈길을 돌리게 한다. 위협적이고 고압적인 군경과 눈길을 마주치지 않기 위해서 차창 밖의 바다를 본다. 파란 물결 찰랑거

리며 햇빛을 반사하는 바다 물결 위 화려한 빛의 잔치에 승객들의 눈은 호강한다. 불과 2~3분의 검문 시간 동안 신분증 제시를 요구당하는 일부 승객들을 애써 외면하며, 차창 밖을 봐야 했던 시절의 추억. 그러나 북신만에 감긴 작은 바다는 객지 나갔다 돌아오는 통영사람들에게, '국가권력의 폭력'으로 뭉개지는 가슴과 눈길에, 널널한 위로와 잔잔한 행복을 선물했다.

그런데 이게 뭔가. 원문고개에서 바라보던 바로 그 바닷가에 콘크리트 장벽을 쌓는단다. 그곳에 25층짜리 고층 아파트를 짓는단다.

통영으로 들어오는 관문, 원문고개 오른쪽의 바다는 그 아파트 주민들만이 감상할 수 있는 몇몇 소유물로 전락하고, 객지에서 돌아오는 통영사람들 누구든지 겪고 누리던 불쾌함의 추억이나 잔잔한 행복은 통영시와 건설사업자에 의해 박탈당한다.

세상에 이런 행정이 어디 있나. 건설사업자의 이익을 지켜주기 위해 바다를 볼 수 있는 통영사람들의 천부적, 자연적 권리를 박탈하는 행정, 몇몇 돈벌이를 위해 대다수 시민이 누려왔던 추억과 행복을 강탈하는 행정. 이것이 김동진 시장의 행정인가? 이것이 통영시의 행정인가? 통영시장과 통영시청은 통영을, 통영사람을 도대체 뭘로 보는 건가. 새삼스럽지만 이런 사업허가를 강행한 김동진 통영시장에게 자꾸만 다른 의심이 드는 이유는 뭘까?

# 장애인 전용 목욕탕 시설이 시급하다

이번 4·3국회의원 보궐선거는 임기가 1년 2개월입니다. 많은 공약, 화려한 공약 중후장대한 공약을 제시할 수는 있겠지만 실천할 수 있는 시간은 절대적으로 부족합니다. 그래서 저는 장애인 권익과 관련해서는 실현 가능한 딱 하나만 약속하려합니다. 장애인 전용 목욕탕 신축입니다.

안면장애인이나 중증지체장애인들은 거의 집 밖으로 나올 기회가 없습니다. 당연히 대중목욕탕을 갈 수 있는 상황도 아니고요. 종종 안면장애인의 경우 비장애인으로부터 '혐오의 대상'이 되기도 한다는 게 안면장애인들의 하소연이기도 합니다. 그래서 이들 중 일부는 대중목욕탕을 갈 수 없으니 모텔로 가기도 합니다. 왜 모텔이냐고요? 샤워시설과 욕조가 있는 방이 필요하기 때문이지요. 그리고 다른 비장애인의 혐오 또는 동정어린 시선을 의식하지 않아도 되고요.

하지만 이렇게 욕조 딸린 모텔로 가야하는 장애인의 심정을 비장애인들이 헤아려봐야 하지 않을까요. 얼마나 비참하겠습니까. 그렇잖아도 신체적인 장애로 인해 기본적인 사회활동 경제활동에도 참여하지 못하고, 이로 인해 가난을 벗어나지 못하여 궁핍한 삶을 살고 있는데, 목욕마저 비장애인의 시선을 피하기 위해 비싼 비용을 지불하고 모텔에 가서 해야 하는 심정이 오죽하겠습니까. 이런 상황은 장애인을 사회적으로 더 고립시키는 결과를 불러오면서 또 다른 사회적 문제가 될 수 있거든요.

더불어 이들도 시민입니다. 이들이 누려야 할 인권이 있습니다. 또한 문화를 향유할 권리가 있고요, 다른 사람들이랑 만나서 이야기도 하고 정보도 교환하고 수다도 떨고 싶은 소통의 욕구도 있습니다. 하지만 이들이 함께 모여서 서로 소통할 수 있는 공간은 절대적으로 부족하고, 설사 공간이 있더라도 한 번 나들이하기가 여간 어렵지 않습니다. 수다떨기 위해 특정 공간으로 가기는 쉽지 않거든요.

그렇다면 이들이 모일 수 있고, 소통할 수 있고, 문화적 혜택도 누릴 수 있으면서 목욕도 할 수 있는 실용적인 공간이 필요합니다. 바로 장애인 전용 목욕탕입니다. 통영 고성에 장애인 전용 목욕탕을 제대로 만들어야 합니다. 오래 된 목욕탕을 약간 개조해서 장애인 전용 목욕탕입네~하고 '우는 아이한테 빵 한 쪼까리 던져주듯' 하는 전시행정에 저는 단호히 반대합니다.

장애인들이 직접 운영하고, 장애인들을 위한 문화프로그램을 장애인들이 짜서 시행하는 장애인 전용 목욕탕이어야 합니다. 장애인들이 동의하면 비장애인들도 자유롭게 드나들 수 있는 그런 목욕탕이어야 합니다. 전국의 도시에서 벤치마킹할 수 있게 제대로 만들어야 합니다. 통영·고성이 장애인 권익증진을 위한 국가대표 도시가 되어야 합니다. 이를 위한 첫 걸음이 저는 장애인 전용 목욕탕이라고 생각합니다. 저에게 일할 수 있는 기회를 주신다면 올 해 안에 반드시 장애인 전용 목욕탕 신축을 위한 첫 삽을 뜰 수 있도록 하겠습니다.

# 통영·고성 지역 언론이
# 양문석을 말한다

이번 국방부의 바다장어 신규 급식 추가 결정과 내수 판로 개척에는 양문석
더불어민주당 통영·고성지역위원장의 역할이 컸던 것으로 알려졌다.(〈경남일
보〉 2019.2.22)

# 통영 지역 정경계 "성동조선해양 분할매각 절대 반대"

　성동조선해양의 분할매각 추진에 통영 지역 상공계와 여야 정치권이 "성동조선해양 분할매각을 절대 반대한다"며 반발했다. 앞서 기업회생절차(법정관리)가 진행 중인 성동조선해양이 일괄매각 방식으로 인수처를 기다리다 신청자가 없자 분할매각으로 선회했다.

　이에 통영 정경계는 지난 21일 경남도청 프레스센터에서 '성동조선해양 분할매각 철회를 촉구'하는 기자회견을 열었다. 이날 기자회견에는 통영상공회의소 이상석 회장과 강혜원 통영시의회 의장, 양문석 더불어민주당 통영고성지역위원장 등이 참석하고, 강석주 통영시장과 이군현 국회의원(자유한국당 통영고성위원장)이 성명에 동참했다.

　이들은 성동조선의 분할매각은 결과적으로 통영지역의 제조산업의 붕괴를 초래하고, 유무형의 국가적 손실이 막대하다고 우려했다. 덧붙여 "성동조선의 생존은 한국 조선업의 경쟁력이 복원됐을 때 국가 기반산업 유지, 실업급여, 고용유지지원금 등의 사회적 비용을 상쇄시켜주고, 지역경제의 선순환 구조를 구축할 수 있다"고 예측했다.

　성동조선은 중대형 조선소로 세계 최고의 시설을 갖추고 있고, 국민의 세금으로 각종 시설이 유지되는데 성동조선이 분할매각 되면, 조선소로서의 시너지 효과가 크게 반감되어 사실상 조선소로서의 기능을 상실한다는 것.

이들은 "일부 조선사 협력업체들은 일하고 싶어도 공장이 없으니 성동조선의 인수를 전제로 한 일부 야드의 임대 방안를 건의한 바 있다"며 일부 야드 임대 활용 방안의 제도화를 요구했다. 이어 정부 차원에서 적극적인 지원을 요청했다.

한편, 산업통상자원부는 22일 '조선산업 활력제고 방안'을 발표해 중소 조선사 대상으로 1조원 규모의 금융지원, 수소 선박 및 자율운항 선박 개발 등의 기술 지원 등을 약속했다.

〈출처 : 미디어스통영(http://www.mediausty.co.kr) 2018.11.22.〉

〈미디어스통영〉

# 민주당 지도부, 통영 살리기 특단 대책 약속

통영형 일자리 특별위원회 출범
양문석 후보·통영 출신 전현희 의원, 위원장 임명

더불어민주당 지도부는 지난 18일 통영 옛 신아SB조선(도시재생사업지) 사옥에서 현장 최고위원회의를 열고, '통영형 일자리 특별위원회'를 출범, 양문석 더불어민주당 국회의원 후보와 통영 출신 전현희 의원을 공동위원장으로 임명했다.

더불어민주당 지도부는 지난 18일 통영 옛 신아SB조선(도시재생사업지) 사옥에서 현장 최고위원회의를 열고, '통영형 일자리 특별위원회'를 출범, 양문석 더불어민주당 국회의원 후보와 통영 출신 전현희 의원을 공동위원장으로 임명했다.

통영을 방문한 더불어민주당 이해찬 대표를 비롯한 지도부가 지역 경제 활성화 방안을 제시하며 어려운 지역민의 호소에 응답했다. 민주당 지도부는 지난 18일 통영 옛 신아SB조선(도시재생사업지) 사옥에서 현장 최고위원회의를 열고, 조선업 쇠퇴로 경제 침체에 빠진 지역을 살리기 위한 대책을 논의했다.

이날 '통영형 일자리 특별위원회'를 출범하고, 양문석 더불어민주당 국회의원 후보와 통영 출신 전현희 의원을 공동위원장으로 임명했다. 두 위원장은 빠른 시일 안에 통영, 고성 지

역 조선업 종사자와 안정 산업단지 등의 근로자 대표, 사업자를 만나 통영형일자리 모델에 대한 간담회를 추진하기로 합의했다.

지도부는 '통영형 일자리', '고용위기 지역·산업위기 지역 연장', '조선업 특별 대책 마련' 등의 경제 활성화 대책에 대해 전폭적인 지원을 약속했다.

이해찬 대표는 "오늘 최고위원회의 가장 큰 목적은 어떻게 하면 통영·고성에 활력을 찾을 수 있는지 의견을 듣고, 방안을 모색하기 위한 자리"며 "통영·고성은 경제 활력과 민생 안정의 핵심 현장임으로 우리 당에서 적극적인 지원을 아끼지 않겠다"고 말했다.

이 대표는 고용대책, 국도77호선 교량 건설, 항공우주산업 인력양성 기관 설립 등의 지역 요청사항에 대해 적극 검토해서 실현 가능하도록 하겠다고 덧붙였다.

최고위원회의에 참석한 양문석 국회의원 후보는 "이해찬 대표가 '언 발에 오줌누기식' 지원이 아니라, 만 개 이상 일자리를 일시에 창출할 수 있는 특별지원대책 '통영형 일자리'를 약속했다"며 이것만이 현실적으로 "통영·고성의 위기를 돌파할 유일한 대책"이라고 동의했다.

또한 "중앙당이 통영시장과 고성군수를 뽑아준 우리 지역에 대해 매우 감사한 마음이 크다 보니 어느 지역보다 많이 도와

주고 싶어한다"며 "우리 시민들이 문재인 정부를 투쟁의 대상으로 삼을 것이 아니라 중앙정부와 함께 협력해 통영·고성의 피폐한 경제상황을 회복시키는 지원 주체로 삼아야 하는 것 아닌지 판단해야 할 때"라고 말했다.

최고위 후 양문석 후보 선거사무소 개소식에 참석한 당 지도부는 양문석 후보와 함께 통영 중앙시장을 방문해 민심을 청취했다.

〈출처: 미디어스통영(http://www.mediausty.co.kr) 2019.03.20.〉

# 통영 바다장어, 서울시민 입맛 공략

-"통영 바다장어 최고!"
근해통발수협 지난 23~24일 서울시청 광장 소비촉진 행사중소기업 박람회,
지하철 특판전, 함양 산삼축제 등 참가

"청정해역 통영! 통영에서 올라온 자연산 바다장어, 소문대로 맛과 신선도가 최고입니다. 무역분쟁으로 바다장어 수출길이 막혔다고 하는데 어려움에 처한 우리 바다장어를 살리기 위해 모든 국민들이 힘을 모았으면 합니다. 오늘 저녁은 장어로 마지막 더위를 날려 버리겠습니다"

근해통발수협이 일본 수출 규제로 인한 바다장어 수출 감소 및 내수 소비둔화로 어려움을 겪고 있는 장어통발 어업인을 위해 두 팔을 걷어붙이고 나섰다. 근해통발수협은 지난 23~24일 서울시청 광장에서 열린 중소기업 대박람회에 참가, 통영 바다장어 소비 촉진 활성화에 총력을 다했다.

이번 박람회는 일본 수출규제로 인한 중소기업의 피해를 최소화하기 위해 서울시 주최로 개최, 행사에는 근해통발수협 김봉근 조합장과 임직원, 통영시의원 등이 함께해 힘을 보탰다.

근해통발수협은 행사장 내 '농수산 및 가공식품 판매전'에 2개의 부스를 운영, 무료 시식 및 판매행사를 진행했다.

　1차 가공품인 냉동붕장어는 소비촉진을 위해 판매가 대비 20%이상 할인 판매에 돌입했으며, 조합 내에서 자체 수매한 자연산 바다장어로 가공한 조미장어와 자숙장어는 현장에서 해동 가열해 무료 시식을 펼쳤다.

　막바지 무더위에도 불구하고 많은 서울 시민들이 행사장 부스를 찾아, 바다장어의 맛을 보며 '최고'를 외쳤다. 현장에서 가열한 장어의 식감은 외국인들의 입맛까지 사로잡았으며, 폭발적인 인기를 얻었다.

　특히 격려차 부스를 방문한 박원순 서울시장도 통영 바다장어의 풍미에 감탄했으며, 제로페이를 통해 그 자리에서 장어를 구매했다.

　현장에서 바다장어를 구입한 서울시민 김명규씨는 "통영 바다장어를 실제로 먹어보니까 확실히 맛이 좋고 신선도가 다르다. 일본 수출 규제로 인해 통영 바다장어의 수출이 감소했다고 한다. 국내에 계신 모든 분들께서 바다장어에 대해 관심을

가지고 함께 이 어려움을 함께 헤쳐나갔으면 한다. 통영 바다장어 최고"라고 격려했다.

근해통발수협은 지난 27일 서울시청 판촉행사, 28일 서울상생상회 특판전에서도 소비촉진 행사를 진행, 서울시 지하철중 가장 유동인구가 많은 사당역과 잠실역에서도 소비촉진 행사를 펼친다. 더불어 내달 6~11일 열리는 함양 산삼축제에도참가, 국내 방문객 및 외국 관광객에게 통영 바다장어를 홍보하고 판매를 진행할 계획이다.

〈출처 : 한산신문(http://www.hansannews.com)2019.8.29〉

# 통영바다장어,
# 2만명 군장병 식탁에 오른다

양문석 민주당 지역위원장 큰 역할
국방부, 내년 신규 급식 추가 지정日 수출의존 통발업계 판로 어려움

　이번 국방부의 바다장어 신규 급식 추가 결정과 내수 판로 개척에는 양문석 더불어민주당 통영고성지역위원장의 역할이 컸던 것으로 알려졌다. 양 위원장은 국회 국방위원회 소속인 민홍철 의원(민주당·김해갑)을 만나 군대 신규급식 품목 추가를 위한 협조와 지원을 끌어냈다. 양 위원장은 이밖에 박원순 서울시장과도 만나 서울시의 판촉행사 개최 등 아낌없는 협조와 지원을 이끌어냈다. 또한 국회 농해수위 간사인 민주당 박완주 의원과 만나 5대 수산물을 직접 수매할 수 있는 해수부 가격안정화 정책에 장어를 포함할 수 있도록 요청하는 등 동분서주하고 있다. 양문석 위원장은 "정부의 통영 바다장어에 대한 관심과 지원으로 일부 판로를 확보했지만 여전히 부족한 상황"이라며 "어업인들의 생존권 확보를 위해 대기업의 구내식당 납품 등 다각적인 노력과 지원을 아끼지 않을 것"이라고 밝혔다.

〈출처 : 경남일보(http://www.gnnews.co.kr) 2019.9.22. 기사 발췌〉

# 양문석 위원장,
# '국가균형발전위원회 국민소통 특별위원' 위촉

양문석 더불어민주당 통영·고성 지역위원장이 대통령직속 국가균형발전위원회 국민소통 특별위원으로 위촉됐다.

대통령 직속기구인 '국가균형발전위원회'는 정부의 국정 목표 중 하나인 '고르게 발전하는 지역'을 위해 자치분권과 균형발전 사업을 선정하는 등의 국가균형발전업무를 추진해오고 있다.

'지역이 강한 나라 균형 잡힌 대한민국'이라는 비전과 '지역주도 자립적 성장기반 마련'이라는 목표를 가지고 약 10조 7천억 원 규모의 국가균형발전 특별회계의 운영 및 수립 등에 관한 사항도 심의·의결하는 역할을 담당하고 있는 문재인 정부 핵심 위원회다.

양문석 위원은 앞으로 문재인 정부의 지역균형 발전과 관련한 국정과제가 제대로 실천될 수 있도록 기여, 통영·고성 주민의 목소리를 대변하며, 지역 간 불균형 해소를 위한 정부정책의 원활한 추진을 도모하는 소통창구 역할을 수행할 예정이다.

양문석 위원장은 "조선업 불황으로 고용위기지역으로 전락해버린 통영·고성의 피폐한 경제상황을 다시 회복할 수 있도록 중앙정부와의 소통에 중요한 가교역할을 할 것이다. 맡은 바 임무에 최선을 다해 통영·고성 발전에 조금이나마 보탬이 될 수 있도록 노력하겠다"고 각오를 밝혔다.

〈출처 : 한산신문(http://www.hansannews.com) 2019.11.22.〉

# 인생에 말걸기

### 믿음

나는 사람을 믿는다. 그런데 나보고 많은 이들이 "사람들을 믿지 말라" 한다.
그 때마다 하는 말이 있다. 사람을 믿지 못하면 너무 삭막한 삶이 아닌가. 혹여
내 등에 믿는 이가 비수를 찌르면 그것은 내 몫이고 내가 감당해야지 오죽하
면 내 등에 칼침을 놓을까.
하며 우아하게 말하곤 한다. 하지만 세상의 순리는 그게 맞다! 믿음을 넘어 그
것이 내 신앙이다. (2013년 10월 10일)

# 저들의 하나님이시여… 우리의 하나님 이기도 하소서…

선·후배들이 나의 건강을 걱정할 때마다 참으로 죄송한 마음이다. 내 나이가 이제 겨우 46세. 그런데 선·후배들은 항상 나를 보면 건강이 걱정되는 모양이다. 하기야 2009년 여름 목동이대병원 보름, 2010년 가을 서울대병원 일주일.

하지만 생업을 위해서도 정신적으로 극심한 스트레스를 받는 대부분 이 땅의 4-50대들. 이들이 정치인과 행정가를 잊고 생업에 전념해도 엄청난 스트레스에 직면하고 있는데, 여전히 못된 정치인들이 득실거리며, 거짓말하면서 권력을 움켜쥔 자가 여전히 거짓말을 하며 국민들을 조롱하니, '자유롭고 평화로운 나라'는 먼 나라의 이야기고 가까운 우리 땅에서 그나마 있던 '자유와 평화'가 끊임없이 훼손되고 있으니, 하지 않아도 될 고민과 스트레스가 중년세대의 건강까지 해칠 수준이니.

나의 고민과 나의 행동으로부터 시작되는 나의 건강은 큰 문제가 아니다. 이게 지금으로서는 '나의 직업'이니. 하지만 중년세대들은 '정치와 행정'이 직업이 아닌데도, 정치와 행정의 흐름에 일희일비할 수밖에 없고 더하여 일희보다는 일비의 숫자가 기하급수적으로 늘어가니. 또 더하여 그나마 정치와 행정이 가진 자들에게 이롭고 덜 가지거나 가난한 자들에게는 재앙 수준으로 편향성을 띄니 얼마나 괴로우랴.

중년세대들이 오로지 생업에 열중하고, 그들이 열중하고 있는 생업을 위해 창호지에 물 스며들듯 한 정치와 행정이 우리 사회를 지배하게 하소서.

생업에 열중하지 못하게 하는 정치인과 행정가들을 반드시 징벌하소서.

혹여 정치와 행정을 겸하고 있으면서 생업에 열중하는 이들을 괴롭히는 자가 있으면서 반드시 임기 중반이라도 벌을 내리소서.

'그들의 하나님이시여, 우리의 하나님이 되소서' 하고 간절히 기도하고픈 심정이다.

# 봄비, 느낌 그리고 정책

비가 그쳤습니다. 어떤 이는 문자를 날려 '봄비의 낭만'을 이야기합니다. 어떤 이는 문자로 '비 오는 날 오후 한 잔?'을 유혹합니다. 어떤 이는 지나가다 마주보며 '방사능 비'를 우려합니다. 하나의 자연현상을 보고 참으로 다양한 '느낌'을 전해 오는 오후입니다.

나는 비를 대하며 어떤 생각을 했을까 되짚어 봅니다. 아무런 '느낌'이 없다는 사실에 놀랍니다. 팍팍한 오후쯤이 제 느낌일까, 삭막해져 가는, '느낌'없는 오후의 일상에 또 다시 제 방을 들이닥치는 '그들'로 인해, 알 수 없고 난해한 '통신용어'를 붙잡고 씨름합니다.

정책결정을 겨우 이해하는 수준에 해내야 하는 어처구니없는 현실과 나의 역량을 바라보는 이들이 무슨 신뢰를 할 수 있을까. 저어됩니다. 정책은 충분히 이해하고 더 해서 '상상력'을 가동해야 하는데, 그 상상력은 '풍성한 느낌'에서 발현되는 것인데, 갈수록 느낌이 사라지는 오늘의 오후를 또 정책을 이해하는 데 급급한 심정으로 넘기고 있습니다. 내일도 봄비가 오려나. 내일은 봄비를 대하는 나의 느낌은 어떨까.

# 다산어록에 시비를 건다

공부 좀 하자는 자기반성에서 다산어록을 텍스트로 삼았다. 그래서 다산어록 관련 책을 찾다가 〈다산어록청상〉이라는 한양대 정민 교수가 쓴 책을 발견. 하나씩 읽고 천천히 시비를 걸어 보고자 한다.

천하에는 두 가지 저울이 있다. 하나는 시비 즉, 옳고 그름의 저울이고, 하나는 이해 곧 이로움과 해로움의 저울이다. 이 두 가지 큰 저울에서 네 가지 큰 등급이 생겨난다. 옳은 것을 지켜 이로움을 얻는 것이 가장 으뜸이다. 그 다음은 옳은 것을 지키다가 해로움을 입는 것이다. 그 다음은 그릇됨을 따라가서 이로움을 얻는 것이다. 가장 낮은 것은 그릇됨을 따르다가 해로움을 불러들이는 것이다. −연아에게 답함−(다산어록청상−정민−출판사 푸르메)

다산이 말씀하시듯, 옳고 그름과 이로운 것과 해로운 것을 시비 이해라는 언어 또는 말로 구분하는 것은 쉬운데, 어떤 것이 옳은 것인지, 이로운 것인지는 삶 속에서 너무 어렵다. 교회 목사들도 항상 시비 이해라는 단어만 가르치지, 다양한 상황에서 어떤 것이 시인지, 이인지에 대해서는 말하지 않는다.

그래서 자기만 시이고, 이라는 '우김증'이 전 사회적으로 문제를 발생시킨다. 수많은 상황에 대한 수많은 해설로 이와 시, 비와 해를 가려주는 것, 이것이 필요한 시대. 그래서 〈정의란 무엇인가〉라는 책이 공전의 히트를 치고 있나보다.

# 다산어록에 시비를 건다 1-소일거리

다산이 '소일거리를 찾는 현대인'을 보면 참으로 기막혀 했을까, 아니면 시대적 상황에 따라 전혀 다른 말을 했을까.

천하에 가르쳐서는 안 되는 두 글자의 못된 말이 있다. '소일'이 그것이다. 일을 하는 사람의 입장에서 말하자면, 1년 360일 1일 96각을 이어대기에도 부족할 것이다. 농부는 새벽부터 밤까지 부지런히 애쓴다. 만일 해를 달아맬 수만 있다면 반드시 끈으로 묶어 당기려 들 것이다. 저 사람은 대체 어떤 사람이기에 날을 없애버리지 못해 근심 걱정을 하며 장기, 바둑, 공차기 놀이 등 하지 않는 일이 없단 말인가? -도산사숙록-

다산이 살던 그 시절의 산업은 농사가 가장 핵심이었고, 귀향살이를 통해 다산이 본 바, 농사가 전부였다. 하지만 잉여 생산물로 살아가는 사람이 훨씬 더 많은 현대인에게 '소일'은 참으로 중요한 개념이 되었다. 만병의 근원인 '스트레스'를 해소하기 위해 오히려 '스트레스'를 받는 이 기괴한 현대의 삶에 너무나 필요한 것이 '소일'이다. 직접 하는 장기, 바둑, 공차기 놀이가 아니라도 구경하는 장기, 바둑, 공차기 놀이가 소일의 한 수단이 되기도 했다.

제대로 소일하지 못하면 제대로 노동하지 못하는 지경에서, 소일을 비판하기보다는 소일과정에서의 빈익빈 부익부, 양극화를 고민해야 하고, 그 양극화의 완충지대인 공교육, 의료보험, 지상파를 고민해야 한다. 교육의 완충지대인 공교육, 생명의 완충지대인 의료보험, 여가와 정보의 완충지대인 지상파가 적어도 한국사회의 양극화 완충지대로 제 역할을 할 수 있도록 해야 하며, 특히 여가와 정보의 완충지대인 지상파의 안정적인 유지와 성장에 대해서 아낄 필요가 없는 시절이다. 문제는 그 정보의 공정성이 반드시 유지되어야 한다는 것.

또한 지나치게 지상파의 오락기능을 폄훼하는 사람들이 많다는 점에서 아쉽다. 오락기능은 지상파의 제1기능으로 이제 제대로 된 평가를 내려야 한다. 오락기능이 훨씬 더 사회적인 영향력이 큰데도, 지상파의 보도기능을 지나치게 높게 바라본다는 점이다.

소일이 필요한 서민들에게 지상파가 안겨다 주는 그 오락기능은 그 어떤 것보다 소중하고 필요한데도, 오락기능의 축소를 획책하는 이들이 도처에 깔려 있다는 점에서, 조선후기의 다산선생과 닮아 있다.

시대와 사회는 끊임없이 변하고 있고, 그 변화의 중심에 오락기능의 중요성이 더욱 강조되고 있다는 점에서 다시 한 번 소일에 대한 새로운 시각이 사회적으로 논의되어야 할 시점이 아닌가 싶다. 특히 지상파라는 무료보편적 서비스로서의 오락기능을 재평가할 때가 아닌가 싶다.

# 다산어록에 시비를 건다 2

-다산선생의 바둑관, '오락가락'

지난번 '소일'에서 다산 선생은 "천하에 가르쳐서는 안 되는 두 글자의 못된 말이 있다"며… 그것이 '소일'이라고 했다. 그리고 "저 사람은 대체 어떤 사람이기에 날을 없애버리지 못해 근심 걱정을 하며 장기, 바둑과 공차기 놀이 등 하지 않는 일이 없단 말인가?"하며 소일의 대표적인 사례, 못된 말, 못된 짓의 대표적인 놀이로 '바둑'을 언급했다.

그런데 다산선생이 열복과 청복을 언급하면서 전혀 상반된 말씀을 하신다. 열복은 어여쁜 아가씨를 끼고 놀며 높은 수레를 타고 비단 옷을 입고서 폼 잡는 복이란다. 청복은 깊은 산속에 살며 거친 옷에 짚신 신고 맑은 물가에서 발 씻으며 거문고 옆에 두고 책 한 다락 바둑판 하나 갖추어 둔 채 세월이 가고 오는 것도 알지 못하는 복이란다.

딱 걸렸다. 바둑 두며 노는 '소일'이 세상에서 가장 '못된 말'이라 해놓고, 〈병조참판오공대익칠십일서수〉 병조참판 오대익공의 71세 향수를 축하하는 글에서는 '바둑판 하나 갖추어 둔 채 세월 가는 줄 모르는 것'이 복 중 제일인 청복이라 하신다.

그러면서 열복을 얻은 사람은 아주 많지만, 청복을 얻은 자는 몇 되지 않는다며 청복을 부각하며 바둑으로써 세월 낚기를 큰 즐거움 중에 하나로 지목하시니, 조선후기의 최고 천재 다산선생의 '바둑'에 대한 두 가지 관점이 모순적으로 나타난다.

천재이자 최고의 행정가였고, 최고의 행정이론가였던 다산선생의 글에서 이런 모순적인 서술을 찾아내 읽고 드러내는 즐거움. 이 또한 청복이 아닐소냐.

# 친한 친구의 죽음

얼마 전, 친한 고향 친구가 스스로 목숨을 끊었다. 4백몇십 만원의 돈 때문이었단다. 죽지 않으면 안 될 자기만의 이유가 있었겠지, 하면서도 욕이 입 밖으로 튀어 나온다. 지지난 주 고향에 갔다. 중학교 동창회. 하루를 진이 빠지도록 뛰고 함께 뛰었던 친구들과 발가벗고 목욕탕에서 '물장구'를 쳤다. 30 여 년 이전으로 타임머신이 후진했던 것.

중학교 때 거의 매일 공을 찼고, 거의 매일 목욕탕에서 씨름 하고 물장구치며 주인한테 욕 듣고 쫓겨나기 일쑤였던 시절 함께 한 친구다. 그런 친구가 죽었다.

저녁 겸 술자리. 건배를 제의하면서 '스스로 목숨을 끊지 않기를.' 20여명의 사십대 중반 친구들이 합창으로 '위하여.' 섬 뜩하고 불편한 건배 제의였으나, 웃으면서 '위하여'를 외치는 술자리. "내년에도 또 살아서", "만나기를"하며 건배사와 합창 이 연이어 쏟아진다.

죽음. 간 사람만의 문제가 아니라, 남은 사람들의 문제일 수 도 있다. 하지만 부모자식간이나 부부가 아니면 그냥 '친했던 친구'라도 두 달이 채 안 돼 벌써 하나의 이야기 소재로 전락 하더라. 또 하나의 가십거리가 되더라. 그냥 힘들어도 살아 있

으면 그 자리에서 웃지는 못할지언정 술자리는 같이 할 수 있
을 터.

　오늘 또 친구의 친구가 스스로 고층에서 뛰어 내려 목숨을
끊었다는 이야기를 듣는다. 그러지 말지.

## 나는 가수다. 본질, 몸통, 진짜

이제 한국사회가 지난 3년의 '비본질적 휘둘림'을 일정하게 정리하고 있다. 있어야 할 곳에 '진짜'가 있고, 드러나야 할 대목에 '몸통'이 나와야 한다. 어중이떠중이가 진짜처럼 행세하고, 심지어 사이비 권력까지 권력이라고 우겨온 지난 3년의 경험. 한국 역사에서 엄청난 낭비요인이었다.

하지만 역으로 민주주의라는 가치가 공기처럼 여겨질 수 있도록 하기 위해서, 얼마나 많은 비용을 지불해야 하는지, 사이비 민주주의가 얼마나 포악하게 국가사회를 포식하는지 많은 국민들이 알게 된 역사교육의 장이었다. 다시 본질과 진짜가 환하게 미소 짓는 그 날까지 차분히 조심스럽고 신중하게 한 걸음 한 걸음씩. 지금의 '나는 가수다' 프로그램에서 '가수'가 '가수'로 인정받는 과정처럼.

## '댓글' 심리학과 정치학

　제목이 거창하다. 그래도 최근 들어 집착한 사유의 한 자락을 펼쳐봄직한 사안이 '댓글'이다.

　요즘 5.18 관련 글 등 민주주의 관련 글을 올리면 거의 댓글이 달리지 않는다. 다른 곳은 모르겠으나, 적어도 나의 페이스북 담벼락은 그렇다. 그래서 일반화 과잉의 오류를 각오하고서라도 분석해 보고자 한다.

　정치사회적 글에 대한 반응이 없는 몇 가지 이유가 있을 터. 일단 재미없어 댓글을 안 달 수 있다. 내용이 진부해서 안 달 수 있다. 개인사적 놀이터에서 국가사회적 전쟁터를 묘사해서 안 달 수 있다. 하지만 '비슷한 지향점'을 가진 '친구'들인데, 설마 좀 더 '오바'하면 양문석 개인을 보호하려는 배려가 있을 수 있다. 공무원으로서의 양문석 글이 위험해 보이고 이런 위험에 풀무질하는 것은 양문석을 도와주는 것이 아니라는 배려일 수도 있다.(비록 내 생각이지만)

　과연 이런 이유만으로 '무거운 주제, 국가사회적 주제'에 대해서 거의 대부분의 친구들이 침묵하는 것일까.

　지난 3년간의 역사적, 정치적, 현실적 경험이 스스로 검열기제를 장착하고 있는 것은 아닐까. 표현의 자유는 법적으로 보장

되어 있으나, 결국 '보복'의 위험성이 농후하고 '발견'의 가능성이 높은, 공직자의 페이스북이기 때문에, 꺼리는 것은 아닐까.

한국 민주주의에 대한 신뢰 상실 과정이 지금 우리를 가벼운 이야기꺼리에 집착하게 만드는 것은 아닐까 또는 가벼운 주제로 날카로운 송곳을 드러낼 수도 있는데 하는 생각일까.

혹여 내가 생각하는 표현의 자유에 대한 신뢰 상실 문제라면 아주 심각하다. 이는 침묵함으로써 해결될 일이 아니라, 보다 적극적으로 의견을 개진함으로써 해결할 수 있는 일일 터.

더 적극적인 의견개진으로 비판의 일상화와 일반화를 구축해야 할 것이다. 공기를 흡입할 수 있는 양을 제한하는 것이 얼마나 어리석은 것인지를 증명하기 위해서는 함께 더불어 마음껏 양껏 공기를 흡입함으로써 그 누구도 공기 흡입량을 측정하려거나 흡입량을 조사하지 못하게 해야 할 것이고, 그렇게 함으로써 당연히 누려야 할 자유를 공고히 하고 편안하게 하고 자연스럽게 해야 할 것이다.

표현의 자유를 제한하는 것은 공기 흡입량을 제한하는 것과 같은 것이기 때문이다.

# 사람을 믿는다

오늘은 이런 생각을 해본다. 술을 마실 때 많이 듣는 주제와 입장 하나가 '사람을 믿지 마라, 조심해라. 내가 당해보니 진짜 무섭더라.' 류이다.

들을 때마다 웃는다. 내가 마음을 열었는데 상대방이 이용해먹더라는… 그가 마음을 열지 않은 것, 주겠다고 열었으면 이용해 먹든, 활용해 먹던 무슨 대수. 그냥 주는 거지. 등에 비수 찔러 오면 어때? 맞으면 되는 거지. 오죽했으면 하고, 내가 좀 아프면 되는 거지. '나도 배신할 수 있고 이용해 먹을 가능성이 다분한데…' 라고 생각하면 되는 거지.

## 불임의 고통

''불임' 민주당 환골탈태해야' 중앙일보 사설의 제목이다. 최근 사설이나 각종 칼럼 또는 정치인들의 정치적 수사에서 불임정당 등 '불임'이라는 표현을 자주 접한다.

첫 아이를 가지려고 노력한 지 3년이 넘어서 임신했던 기억이 난다. 그 과정에서 집사람과 '입양 문제'를 진지하게 검토하기도 했고, 서로 병원 가보라며 등 떠밀기도 했다. 결국 임신했고 까맣게 불임의 고통은 잊었지만 아직도 현실인 사람들이 많다. 그런데 '불임'을 부정적인 정치적 수사로 이용하는 언론인이나 정치인들을 보면 그들 스스로 과연 불임의 고통이 뭔지, 정치적 비난과 놀림감으로 아무렇지 않게 사용되어도 좋은지 고민할 일이다.

## 장작

아주 작은 불구덩 안으로
새빨간 불꽃을 피우며
온갖 풍상의 흔적
수많은 때 국물을
태우고 또 태우는
장작의 장렬한 헌신을 본다
그리고 다음 차례를 담담하게
기다리며 제 몸 태울
상념에 빠진 채
쌓여 있는 더미를 본다

# 눈길

지독한 추위가 산자락을
휘둘러 감기 전에
폐천막에 쪼그려 앉아
장작 패는 사람들을 물끄러미
쳐다본다

패는 사람의 마음
쪼개는 이의 의도

그런 것엔 생각 없다

그냥 따스한 기운이 있고
그냥 일하는 사람 보며
앉았을 뿐이다
살아있음을 스스로 확인하고
눈 뜨고 있음을
감사하는 마음
분노하는 마음

사랑하거나 미워하는 마음
이런 의미와 전혀 상관없이

그냥 쪼그려 앉아 망연히 볼 뿐이다

그래서 종종 네 녀석이 부럽고
그래서 종종 네 녀석을 닮고 싶은 게다

# 뱃길과 찻길 사이

배와 차 사이에

차도 분리대가 찻길 가까이

배 정박 고리가 뱃길 가까이

그 둘 사이에

길… 걸어야하는 이에게 좁게라도 허용한 길…

사람의 길이 한 몫 차지하니…

이 또한…

# 창과 방패, 그러나

스무 살부터 창만 들고 살아온 25년

내 손에는 오로지 창만 들려 있었고
찌를 줄만 알았지

비록 창대가 부러져 내가 다칠지언정
상대를 향해 오로지 앞으로만 나갔고 찔렀고
섣부르게 찔러 내가 찔린 적이 한두 번이 아니었고
잘못 찔러 상대의 내공만 쌓아준 적도 많았지
제대로 찔러 거꾸러뜨린 적은 별로 없었지만
어쨌든 오랫동안 찌르는 것만 갈고 닦았었지

그런데 최근까지 1년6개월…

한 번도 쥐어본 적 없는 방패를 들고 나섰지
방패든 내 손은 보지 않고 여전히
여전히 마음은 창을 든 창수였지
남들은 나를 보며

방패든 방수로서 쳐다보았고
찔러야 할 대상으로 인식하고 있었는데…

어느 날부터 창에 찔리기 시작하면서
내가 왜 찔려야 하지
내가 왜 맞대응해서 찌르면 안 되지
내가 왜 아파 쓰러져야 하지…

헷갈리기 시작했지
방패 든 내가 창수가 아니라는 것을 제대로 인식할 즈음
내 옆구리 깊숙이 꽂혀 덜렁거리는 창을 보며
그때서야 확연히 깨달았지
내가 창수가 아니라 방수라는 것을
뼈가 저리게 근육이 끊어질 정도의 아픔을 겪으면서 느꼈지

앞으로 1년…
이제 알고 있지
창만 들어도 방패만 들어도 안 됨을…

이제 창과 방패를 함께 들고 뛰어야 함을
안팎을 가리지 않고 찔려야 할 곳을
분명하고 확실하게 찌를 수 있어야 함을

덜렁거리며 꽂혀 있던 창으로부터 겪은 아픔을

잊지 않고
가슴과 뼈에 새겨진
처절했던 지난 기간의 교훈을 지침삼아
나의 헛점을 메우고 채우며


같잖은 창은 그 창대를 부러뜨리고
야비한 창수에게는 겪었던 그 아픔을
느낄 수 있는 기회를 드려야지…


개봉박두…

## 초고급 정보

월화수목금금금을 남편이 아무리 늦게 와도 거의 타박하는 일 없고 문자 보내 빨리 들어오라는 압력을 행사하는 경우가 거의 없는데… 문자를 쏜 거다. 문자 내용인 즉슨

"냉큼 오슈. 서현이 기분 좋음."

헐~ 9시쯤 뒤도 돌아보지 않고 횅하니 조기귀가 완료. 중삐리 아가씨 기분 좋은 모양. 아빠 배 위에 포개 누워 학교에서 있었던 일부터 빅뱅의 컴백 에피소드까지 미주알고주알. 쫙~ 썰을 푼다.

아요~ 이젠 좀 내려와서 니 방에 가라. 아빠 힘들다. 니 몸무게에 아빠 찌그러지것다.

안가, 아부지 배가 폭신폭신해서 난 무지 편해.

하며 또 조잘조잘. 아빠는 행복에 겨운 비명을 지른다.

## 고 리영희 교수

고 리영희 교수께서 일찍이 설파하셨는 바, '새는 좌우익으로 난다.'

이런 귀하고 소중한 시대의 아픔을 승화시키며 통 큰 포용의 시대를 간절히 원하며 후학들에게 큰 방향을 주셨습니다. 30여 년 전의 혜안이었고 오늘에 되살려 새겨 볼만한 지침이라 생각합니다…

# 용기란

두려워하지 않는 게 아니라 두려워도 맞서는 것
– LA공항에서 서울행 비행기를 기다리며

## 밀물 또는 들물

벌써 어줍지 않게도 섬마을 사람이 되어 가는 걸까. 밀물과 썰물, 들물과 날물에 따라 바다를 바라보는 기분이 달라진다. 의미부여가 달라진다.

이른 아침 창을 열고 물을 바라보면 은근히 기분이 좋아진다. 방파제 위쪽 끝까지 가득 차올라 찰랑거리는 물을 보면 알 수 없는 풍성함에 내 마음이 부풀어 오른다. 지난 날, 지난 밤의 악몽을 말끔히 씻어준다.

해가 서쪽으로 기울기 시작하는 늦은 오후. 다시 쓸려 나갔던 물이 밀려들기 시작하면 어설픈 초짜 어부의 가슴은 시나브로 들떠간다. 낚시 장비를 챙기고 옷을 갈아입고 배에 시동을 걸어 낚시터로 향할 때 오는 그 가득한 기대감이란…

바다를 가르는 작은 배를 홀로 타고 몰아갈 때 튀어 오르는 물방울 하나하나가 환희요, 기대로다.

## 단련

　"강해지고 싶으면 쉬운 쪽보다 어려운 쪽을 선택하고 감수하며 견뎌내라"(천사지인 3권에서 발췌)

　참으로 명언이다. 그리고 실천지침이다.

## 폭동과 항쟁

폭동으로 배웠다. 학교도, KBS, MBC도 폭동이라고 했다. 우리집에 오는 〈한국일보〉도 폭동. 중학교 2학년짜리에게 폭동이 자연스럽게 각인되고 폭동이 사실을 넘어 신념이 되었다.

항쟁이란다. 6년 내내 폭동이라더니⋯ 1986년 5월, 내가 다닌 대학의 건물마다 까만 마분지에 하얀 물감으로 5.18광주항쟁, 항쟁.

태어나 처음으로 '관점의 차이'를 격렬하게 체험했고, 5.18 광주를 공부하면서 관점의 차이가 아닌 '사실 조작과 대국민 사기극'의 절정을 분노하며 배웠다.

또 좀 더 시간이 지나면서 '정치권력'과 '주류언론'이 '동의어' 인 줄도 알아갔던 시절, 그렇게 싸우며 '권력'과 '언론'을 공부하며 30년.

위대한 목사가 되기를 꿈꾸었던 젊은 양문석. 그 인생의 전환점. 5.18광주가 '폭동'에서 '항쟁'으로 변하면서이다.

# 설렘

내일 이른 아침 라디오 출연이다. 지난 주 목요일. 30대말~ 40대 초반에 CBS, TBS교통방송, KBS, MBC 등 라디오 출연을 위해 새벽잠 설치고 저녁밥 굶으며 열심히 뛰어 다니던 기억이 새록새록. 감회가 남달랐는데.

50대 초반의 생계형 B급 평론가로서의 생활도 만 1년이 됐는데. 내일 새벽 SBS 라디오 출연을 위해 마시던 술 딱 중단하고 집으로 향하는 마음에 설렘이 인다. 스튜디오 출연은 그래서 좋다.

2000년 4월 언론비평으로 방송에 데뷔한 후 생기다 만 얼굴 보여주기보다 촌놈의 사투리일지언정 목소리로만 드러내는 스튜디오에 지난 주에 이어 내일도 간다. 철딱서니 없이 또 셀렌다. 라디오가 그래서 좋다.

# 아들의 '늙은(?) 아빠'에 대한 원망

얼마 전 우리집 초6남이 졸업. 당근 참석해서 아들만 집중적으로 카메라 세례. 눈길 피하며 계속 아빠만 외면. 집으로 오는 길.

아들 왈. 친구들 아빠 중에 아빠가 흰머리 가장 많더라.
아빠 왈. 왜 부끄럽더나.
아들 왈. 염색 좀 하지.
아빠 왈. 마이 부끄러웠던 모양이제~.
아들 왈. 설 때 큰엄마가 염색해 준다할 때 좀 하지~.
아빠 왈. 진짜 부끄러웠던 갑네.

끝까지 동문서답으로 일관하며 NCND(neither confirm nor deny 긍정도 부정도 아님) 를 고수하는 아들. 모레 아들 중학교 입학식인데 확~ 안갈까 보다.

# 나는 FA다
### - 만49세의 공개구직

Free Agent. 자유계약선수로 번역하더라. 지난 3월25일까지 나는 전관예우 금지관련 규정으로 2년 동안 관련 산업 취업이 금지되어 있었다. 다른 사람들은 이 금지기간에도 잘 하더만.

생계형 B급 정치평론가 생활은 사람의 심성을 너무 황폐하게 만든다. 새벽 4시부터 집을 나서 사무실에서 하루를 준비한다. 각종 자료와 기사검색 관련 주제 댓글 검색 그리고 관계자 취재 등을 거쳐 그날 하루에 예상되는 질문을 거의 포괄할 수 있도록 준비한다. 이렇게 해서 하루에 많을 땐 2~3번 적을 땐 한번, 일주일에 적으면 5번 많으면 10번 이상 지상파라디오와 종편 보도채널을 메뚜기처럼 뛰어다닌다. 토-일에도 불러만 주면 주말약속 다 취소하고 달려갔다. 최근엔 아예 주말약속을 잡지 않는다.

패널 간의 충돌과 후유증부터 출연섭외 과정에서의 무참한 자존심 상실 등 많이 경험해 보지 못한 갑을관계의 약자를 처절하게 배운다. 직업소개소에서 새벽부터 그날 일자리 받으려고 서성거리는 일일노동자와 다를 바 없다. 실력은 모자라고 토론 태도는 불량하고 관점은 비뚤어져 있는 내 탓이 일차적이다.

그렇다고 딱히 보람 있는 일도 아니다. 잘했다는 칭찬이 1번이면 못했다는 비판과 비난은 열 번이다. 하물며 연구소 이사장 타이틀로 방송하다가 올 해 들어 미디어스 논설위원으로 간판을 바꿨을까. 연구소에 비난 항의 전화가 속출해서 연구원들의 연구활동을 심각하게 방해한다는 연구소 하소연 때문이었다.

내 전공은 방송통신정책이다. 이 분야는 누구보다 잘 할 자신이 있다. 정책의 역사, 맥락, 쟁점을 알고 있다는 것과 특정 정책을 보면 어떤 사람의 손을 탔는지를 대충 알 수 있다는 것은 큰 무기다.

그래서 이제는 진지하게 취업을 생각한다. 그런데 시장에 나를 매물로 내놔도 살 사람이 있을지 확신이 서지 않는다. 지난 2년 동안 굽실거리는 거 진짜 많이 늘었는데~ 아부도 잘 할 수 있는 자신감도 있고~ 회사방침이면 양심에 반하는 업무도 수행할 의지도 있고~

어떤 일을 해도 생계형 B급 평론가로 메뚜기 짓 하는 것보단 나을 터. 오늘 방송 끝에 마음 상해 슬픈 하루를 보내며 나의 머리속을 헤집는 생각이요, 공개구직이다.

## 셀프출연금지

운동권 출신 B급 정치평론가의 셀프출연금지기간이 길어지고 있으니 좀 지루하기도 하지만 공부하며 내공을 다지는 기간이기도 하다. 말로 먹고 사는 직업이라 다른 이들의 말을 많이 듣고 있다. 유투브는 지식의 보고.

양적 완화와 구조조정에 관한 보수·진보 성향 각각 전문가들의 강의와 토론을 섭렵한다. 문제는 엄청난 경제위기이나 대안이 거의 없다. 진단은 좌·우 유사하나 처방은 결핍이다. 결국 죽어나는 이들은 비정규직 노동자라는 사실만 뚜렷하다.

# 비록 방송사에 기대어 밥 벌어먹지만

방송사에 기대어 밥 벌어먹는 직업이 정치평론이고 정책비평이다. SBS 라디오에서 정치평론으로 밥 벌어 먹었고, 여전히 종편과 보도채널에서 정치평론으로 밥 벌어 먹고 있다. 정책도 마찬가지다. 언론학 박사다. 박사초창기부터 지금까지 15년 동안 잠시 '방송통신위원회에 취직했던 기간'을 제외하고 대체로 방송관련 정책이슈에 관한 연구용역을 받아먹고 살았다.

그래서 방송사에 기대어 밥 벌어 먹고 사는 사람들은 방송사의 그 어떤 횡포에도 웬만하면 침묵하고 감수하는게 어찌보면 당연하다. 하지만 학생운동, 노동운동, 시민운동으로 20대 30대 40대를 보낸 마당에 아무리 먹고 사는 일이 중요하지만 할 말은 해야 한다. 그래야 세상이 개미다리만큼이라도 바뀐다.

'옥시살균제 사건'에서 기업과 자본에 포획당한 연구자의 말로를 보았다. 하지만 진보적 관점을 바탕에 둔 연구자의 입장에서는 '험한 말로'를 걱정할 게 아니라 보다 나은 세상을 향해 진보하는 사회를 꿈꾸어야 한다. 그래서 '명백히 잘못된 것'은 잘못되었다고 해야 하는 것이다. 정책에 관해서는 이견이 있을 수 있다. 그것은 이견이다. 잘못된 것과 바른 것의 영역이 아니라 논거와 예측이 '다른' 것의 영역이기 때문이다. 그래서 다양한 목소리가 나올 수 있는 것이다.

그런데 '명백한 잘못'에 대해 침묵하는 것은 비겁한 일이다. 비판해야 한다. 비판해서 안 통하면 행동해야 한다. 그래서 나는 이제 행동을 준비한다.

# 한번쯤은 생각해 볼 '누구의 논리'

−북한의 논리, 재벌의 논리, 운동권의 논리, 노조의 논리

이것저것 다 그만두고 나니 시간이 너무 많아 자주 컴퓨터 앞에 앉는다. 그 동안 '영업'이라는 족쇄에 묶여 참고 침묵한 수많은 의제가 매일같이 수없이 떠오른다. 책과 기사를 보며 하고 싶은 말도, 쓰고 싶은 글도 너무 많다. 한 때는 글쟁이가 직업이 될 수 있다는 생각도 했는데. 최근 몇 가지 화두를 갖고 글을 읽는다. 그 중 하나가 공공의 적으로 지명하고 '누구의 논리'로 공격하는 글이나 토론이 계속 눈에 거슬린다.

현재 우리 사회에서 공공의 적은 누구인가? 북한, 재벌, 운동권 노조, 친노, 친박 등이 최근에 회자되는 대표적인 공공의 적일 듯싶다. 그래서 이들의 주장에 '기존의 입장을 되풀이했다'고 비판하거나 '어떻게 그들의 논리를 사용할 수 있냐'며 집단의 이미지로 논리와 입장을 폄훼한다.

북한의 논리, 재벌의 논리, 운동권의 논리, 노조의 논리, 친노의 논리, 친박의 논리, 박근혜의 논리.

보수와 진보를 넘어 과연 우리의 토론은 정당한가를 고민한다. 누구의 논리가 중요한 것이 아니라 그 논리의 정합성이 중

요하다. 하지만 각종 토론과 기사를 보면, 특정인이나 집단을 공격하기 위해서 끌어 쓰는 논거가 상당부분 '누구의 논리'이다. 논리 그 자체를 평가하거나 토론의 대상으로 삼는 것이 아니라 '누구'에 초점을 맞춰 그 도덕성과 이미지로 상대방의 논리를 공격하는 것이 일상화되어 있다.

자신의 주장과 글의 설득력을 높이기 위해 성경이나 불경과 같은 바이블을 인용하거나.

어제 안철수 의원의 대표직 사퇴 때 "정치는 책임지는 것"이라는 '막스 베버'를 인용한다. 발언이나 글쓰기에서 오래된 관행이다. 이를 통해 자신의 주장에 권위를 부여한다. 이럴 수 있다. 자신의 권위를 확보하기 위해 유명인이나 유명 서적 그리고 그 책의 저자를 인용할 수 있다. 종종 지적 자랑질로 비춰지기도 하지만.

그런데 상대방의 주장을 공격하거나 비판하기 위해서 '누구의 논리'로 매도하는 것은 거의 고민해 보지 않은 영역이다.

최근 공개 논쟁을 준비하면서 '누구의 논리'라는 주장으로 상대방을 공격하는 자료를 보며 든 생각이다.

# 만50세 하고도 또 하루, 후후후

지난 화요일 카톡으로 아내가 문자를 날렸다. "내일은 생일인데… 오늘과 내일 저녁약속을 알려주시오" 아~ 차~ 아내가 자기 생일 잊어먹었다고 열 받았군 하며 카톡을 무시해버렸다. 또 카톡이 징징거린다. "어제는 혼자 밥 먹기 싫어서 굶었어. 오늘 방송 마치면 몇 시야?" 그제서야 나도 답을 했다. "7시 40분" "그럼 마치자마자 바로 들어와."

날짜를 생각할 여유도 없이 아내 생일선물을 뭘로 준비하지… 하며 이리저리 머리를 굴리다가 생방송에 들어갔고. 마치자마자 차를 몰고 집으로 가는 도중 오늘이 9월 27일임을 기억해 냈다.

돼지고기 두루치기, 계란찜, 김, 김치 등 아주 소박한 저녁 밥상이었지만, 아파서 조퇴해서 집에 있는 고3녀, 비가 와서 밖에 놀러나가지 않은 중1남과 함께 저녁을 했다. 주중 저녁 가족 모두가 앉아서 저녁을 먹은, 특히 생일밥상 차려놓고 저녁을 먹은 때가 '선사시대'쯤 일듯, 기록과 기억이 없다.

그 흔한 케익도, 그 흔한 선물도 없는 생일저녁이었지만, 그제 저녁 짧은 식사 시간은 '기록하고 기억하는 저녁'이었다.

곰곰 생각해 본다. 생일. 생일은 축하받는 날인지 위로 받는 날인지. 많은 이들에게는 축하보다 위로를 받는 날이어야 함을, 나이 50줄에 들어선 짧은 내 삶의 경험이 정의하는 생일의 의미이다. 또 다시 시간이 흘러 생일의 정의를 '축하받는 날'이라고 정의할지도 모르겠다. 앞으로 어떻게 살아내는지가 생일의 정의를 달리 할 것 같다.

아이들이 "아빠, 힘내"라며 축하보다는 격려를 한다. 아무 말 않고 아내는 아이들의 말을 듣고만 있다. 어색하다. 그래서 초저녁부터 잤다. 깊게 잤다.

어제 참으로 많은 페이스북 친구들로부터 축하인사를 받았다. 케익을 선물해준 선·후배들도 있었다. 감사드린다. 하지만 누구로부터 인사를 받는 것이 지금처럼 부담스러운 때는 없었던 것 같다. 내 삶의 무게가 무거워지는 느낌이다. 휘청거리지 않고, 주저앉지 않고 다시 묵묵히 앞으로 나아가고자 다시 마음을 다 잡는 계기로 삼을 터.

축하인사를 보내주신 페이스북 친구들 고맙습니다.

## 삶 그라고 반성

오늘 술김에 생각하고 반성하는 삶의 태도는 지진과 콜레라 등 자연재해가 다발하는 현실에서 아주 작은 이야기일지라도… '많은 이가 아닌 이들'의 배려로 지금의 삶을 영위하는 것인데… 나는 많지 않은 그들에게 뭘 드렸나… 하는 것. 살면 얼마나 오래 살 거라고.

## 핍박

통일, 민주, 민생을 외치다가 낙동강 오리알 된 선·후배들. 경남에선 째~ 비떠라~ 평생을 '사람답게 사는 세상'을 위해 빛도 없이, 명예도 없이, 돈도 없이 헌신하신 이들을 위해 기도합니다.

저들에게 모기다리만큼이라도 진보를~ 빛, 명예, 돈도 비록 한 줌 일지라도, 한여름 스쳐지나가는 소나기인양 그냥 뿌려 주시 옵소서~ 이 나라의 몸과 맘이 가난한 자들의 한숨 소리일지언정~ 숨 쉬며 살아갈 수 있게 하소서~ 핍박 없이 자유롭게 살게 하소서~

# 동네 행님들 하시는 말씀

아~요~ 문~서가~ 아~나

1980년 이후 36년 동안 질 줄 알고도 싸웠다. 우리 나이 벌써 6학년, 7학년이다. 내 인생 말년에 꼭 하고 싶은 싸움이 있다. 이길 수 있는 싸움~ 거거 함 하고 싶다.

# 풍경과 사람의 황혼녘

황혼녘의 통영은 아름답다. 황혼녘의 사람도 아름다웠으면 좋겠다. 인생의 황혼녘이 언제일지 모른다. 하지만 지금 온갖 노욕에 사로잡혀 추태정치를 시전하고 있는 김x인 할배처럼은 되지 말아야지 하며 다짐하고 또 다짐한다. 주변을 붉게 물들이며 하루의 마지막까지 따뜻한 온기를 뿌려주는 황혼녘을 보며~~~

# 백일몽

바다를 바라보는 통영 저 구석진 카페에서 에스프레소 한 잔으로 혀 헹구고 굵은 담배 연기를 코 속으로 불러오며, 창가를 기웃거리는 갈매기를 희롱하다가 소파에 등 깊게 파묻고 백일몽에 빠지는 여유를 누려 본다. ~^^

국문과 출신 후배가 쓴 작품해설~^^

| 작품분석 |

• 통영 저 구석진 카페 : 작가의 탈세속적 심경과 이상적 안식처를 상징

• 에스프레소 한잔 : 겉멋을 중시하는 작가의 태도

• 혀 헹구고 굵은 담배 연기 : 투쟁으로 일관했던 삶과 언어에 대한 성찰

• 창가를 나는 갈매기 : 더 크고 자유로운 미래를 암시

## 죽음

죽음보다 더 무서운 게 있나. 죽으면 죽으리라. 52년. 그 삶
이 짧을 수도 길 수도. 관점차이. 감사하며 유언처럼 마지막
이다 하고 점점이 찍어가는 사회적 발언을 하게 하소서. 소외,
가난, 노동, 분단을 넘어 사랑하게 하소서.

# 1987

스무 살 딸과 열다섯 살 아들 그리고 우리 부부.

이 영화를 보는 내내 아내와 나는 힘들었다.

지금 우리는 그 때. 대학 2학년 때의 그 민주주의의 절실함에서 심정적으로 너무 멀어진 게 아닌가. 우리 아이들에게 무용담이 아닌 역사의 현장 속에 한 명으로 부끄럽지 않고 담담하게 증언할 수 있는가. 영화 관람 내내 육체적인 고통이 있었다는 아내의 말에 '나도 그랬어.'

# 창원지검 통영지청 서지현 검사를
# 지지하며

가부장적, 범죄적 남성들에게 경종을 울리는 통영지청의 서지현 검사를 지지 옹호하는 통영 여성들.

정당의 차이, 노선의 차이를 극복하고 한 자리에서 #미투 캠페인을~ 이번 기회에 조직 내, 회사 내 성희롱, 성추행, 성폭력이 일소되기를 스무 살 딸을 둔 애비로서 간절히 바랍니다.

# 땅에는 평화

세태도, 시대도 빠르게 바뀌고 있습니다. 고성의 어느 교회 목사님을 뵈었더니 이제는 성탄절을 홍보해야 하는 시대로 바뀔 정도로 성탄절에 대한 무지와 무관심이 심각하다고 합니다. 시장에서도 성탄절 특수가 거의 사라졌다고 합니다.

어린 시절 학창 시절 교회 다니는 아이들은 크리스마스이브를 빛내기 위해 몇 날 며칠 노래며 율동을 준비하여 공연을 하고, 친구들은 초대받아 공연을 즐기고~ 크리스마스 날에는 빵과 음료수를 담은 하얀 봉지를 하나씩 받아 챙기며 서로 메리 크리스마스를 외치며 즐거워했는데~

그러면서 아기예수 탄생을 함께 축하하며 '하늘에는 영광, 땅에는 평화'로 인사를 나누었고요.

어려운 현실의 삶에서 '땅에는 평화'가 저와 여러분이 각자 처한 현실에 따라 여러 의미로 위안과 위로가 될 듯합니다. 내 맘의 평화, 가정의 평화, 지역공동체의 평화, 한반도의 평화 등으로 말입니다.

점점 잊혀져 가는 성탄전야에 소원해 봅니다. 부디 하늘에는 영광, 땅에는 평화가 오늘 내일 이틀만이라도 우리들 속에서 더불어 함께 하기를 조용히 기도합니다.

## 오늘의 기도

지난 주부터 다시 눈 뜨고 슬슬 재기하려고 활동을 시작했
소… 당신의 아픔과 힘겨움에 위로를 보낼 여유조차 없었소.
미안하오. 당신이 지쳐서 기도할 수 없어 눈물이 빗물처럼 흘
러내리는 것 뻔히 알면서 우짤 도리가 없었소. 다시 한 번 미
안하오…

# 간절함이 사라지는 순간, 그 깊은 늪

보궐선거에서 낙선한 이후의 삶은 피폐 그 자체다. 아내에게 "나 우울증인가 봐, 50대 갱년기 남성의 그 우울증~" 아내가 나를 불쌍하다는 듯 쳐다본다. "신경정신과 가서 진료를 한 번 받아 봐?" 했더니 아내 왈, "남자들도 많이 간데. 당신도 한 번 받아봐." 하며 그냥 웃는다.

그 땐 그랬다.

삶의 목표점이 사라졌다. 설렘은 기대도 하지 않는다. 그냥 관심을 갖고, 하고 싶은 일이라도 있으면 좋겠다. 정치? 선거? 이유 없다. 하기 싫다. 다시 냉소와 조롱의 정치현장, 선거현장에 다가가고 싶지 않다. 유권자들이 싫다. 그들의 외면하는 눈빛도 싫다. 여전히 선거는 표를 구걸하는 행위이고, 표를 구걸하기 위해 양문석의 생각, 양문석의 태도를 숨겨야 하는 일련의 삶의 과정이라는 생각이 지배적이다. 스스로 진단이 되지 않는다. 정말 정신과 전문의에게 진단을 받아야 하는 건 아닐까. 점점 모든 걸 포기하게 된다.

하나님 앞에서 간절히 기도할 때가 있었다. '주여~ 저를 평화의 도구로 써 주소서' 하며 간절히 기도할 때가 있었다. 하지만 그 때는 기도할 마음조차 사라져 있었다. 그래서 매일같이 소설책만 읽는다. 내가 가장 좋아하는 장르가 판타지 무협이다. 한데 어느 순간, 이마저도 싫어진다. 아니 귀찮아진다. 그냥 잠을 자기 위해서 책을 읽고, 책을 읽다가 잠이 들고, 화장실 가는 일로 일어나야 할 때를 제외하면 오로지 계속 자기 위해서 뭔가를 한다. 잠들기 위해서 뭔가를 하고, 잠을 깨지 않기 위해서 하는 노력이 유일한 노력이었다.

내가 하는 노력이란 결국, 잠자기 위해서 뭔가를 듣고, 읽고, 잠이 깨지 않기 위해서, 잠시 깨면 다시 유튜브의 설교를, 읽어주는 소설을 듣는다. 단지 일어나지 않기 위해서. 오로지 잠 깨지 않기 위해서.

당신이 지쳐서 기도할 수 없고
눈물이 빗물처럼 흘러버릴 때
주님은 아시네 당신의 약함을
사랑으로 돌봐 주시네
누군가 널 위하여
누군가 기도하네
내가 홀로 외로워서 마음이 무너질 때
누군가 널 위해 기도하네

평소에 참 좋아하는 복음성가다. 낙선 후 두어 달 지난 시점의 어느 날. 또 잠자기 위해 유튜브를 검색하기 위해서 클릭을 했을 때, 나의 유튜브 창 가장 위에 올라있는 아이템이 '누군가 널 위해 기도하네' 라는 복음성가였다. 아무 생각 없이 클릭을 한다. 음악이 시작하는 순간 머리를 '땅' 때리는 노랫말이 흘러나온다.

평소에 가사를 외울 정도로 많이 듣고 또 불렀던 복음성가인데, 바로 그 시기에 '당신이 지쳐서 기도할 수 없고'라는 대목에 충격을 받는다. 기도를 할 수 없을 정도로 지친 심신에 대한 상징적인 표현이라고 생각해 왔다. 하지만 그 때 내 상태가 '기도할 수 없고'의 상태임을 자각하는 순간이었다. 지쳐서 기도할 수 없는지, 외로워서 기도할 수 없는지, 그 원인은 이 글을 쓰는 이 순간에도 잘 모르겠다. 하지만 기도할 수 없을 정도로 아무런 의욕이 없었던 것은 사실이다.

기도를 한다는 것은 뭔가를 원할 때 하는 것이다. 뭔가에 대해 감사할 때 하는 것이다. 나와 우리 가족, 우리 공동체의 구원과 영생을 위해서 기도할 수 있고, 지금 처한 나와 우리의 현실을 '예수님'께 아뢰고, 지금 봉착한 난관을 헤쳐 나가고자 하는 의욕이 있어야 기도할 수 있다. 한데 나는 그 때 그 현실을 제대로 진단도 못하고, 난관을 헤쳐 나가고자하는 의욕도 없고. 참으로 딱한 상황이었다.

하지만 '당신이 지쳐서 기도할 수 없고'라는 노랫말을 떠올리고 곡을 붙인 작사자는 신앙인이 '지쳐서 기도할 수 없는 상황'이 얼마나 힘들고 고통스러운 지를 경험했기 때문에 이런 노랫말을 쓸 수 있지 않았을까? '눈물이 빗물처럼 흘러 내리'는 과정을 겪었기에 이런 노랫말이 나오지 않았을까.

# 낙선 후 재개한 방송, 그마저 흔들리고

4월 3일 낙선 한 후, 6월 하순까지 거의 3개월에 가까운 기간을 무력증에 시달리고 있을 때였다.

정치평론을 하는 방송의 프로그램인 MBN 뉴스와이드에 출연도 재개했다. 나에게 많은 영감을 주고, 채찍을 주고, 위로와 격려를 주고, 지금 이 시간에도 나를 위해 기도하시는 우리 캠프의 조직을 맡고 있는 독실한 크리스찬이신 한 형님이 그즈음 방송을 보시고 하신 말씀이다. "양박사, 요새 니 방송을 보고 있으면 기가 빠진 것 같다."

가장 즐거운 놀이터요, 가장 고마운 삶의 현장이 최근 몇 해 동안은 방송이었다. 보수성향의 패널과 논쟁하고, 나름대로 내가 갖고 있는 정치적 철학과 소신을 방송을 통해서 담아내려고 노력했다. 어떤 때는 15분가량 발언하기 위해서 하루에 대여섯 시간씩 준비를 해서 나가기도 하고. 하고 싶은 말, 해야 할 말을 A4 용지 15장에 빼곡히 써 가기도 하고. 어떤 때는 아예 질문지 받고 그 때부터 십여 분 준비하고 방송에 들어가기도 하고. 어떤 때는 아예 스튜디오에 들어가서 질문지를 보기도 하고.

그런데 '기가 빠진 방송'을 노출하고 있었던 것이다. 낙선 후

무기력한 삶을 좀 바꾸고 기상을 회복하려고 시작한 방송이었는데… 서너 시간은 공부를 하고 방송에 임하는 데도, 특정 사건에 대한 나의 입장, 나의 소신, 나의 철학이 근본부터 흔들리고 있었다. 내가 알고 있고, 내 것이라고 생각한 정치에 대한 철학, 소신, 입장에 많은 변화가 왔다는 의미이다. 내 나름의 확신이 흔들리고 있었던 것이다.

정치라는 직업인으로서 생활하면서 보고 듣고 느끼는 것이 낙선 전과 후를 기점으로 많이 달라져 있었던 모양. 낙선 전에는 어떤 의제, 어떤 주제, 어떤 상황에서도 나의 입장이 날선 칼처럼 분명했다고 자부한다. 하지만 낙선 후 초기 3개월가량은 모든 것이 혼돈이었다.

예를 들어 지난 6월 어느 날, 검찰총장으로 윤석열 중앙지검 검사장을 청와대가 임명했던 날이다. MBN 뉴스와이드에 출연한 날로, 앵커가 그 의미를 짚어달라는 질문이다. 청와대가 잘했다, 못했다, 윤석열이 자격이 있다, 없다, 윤석열이 이후 정국에 미치는 영향이 크다, 작다 등등 다양한 관점에서 윤석열 검사장을 검찰총장으로 임명한 청와대의 판단과 윤석열 검사장 자체에 대한 어느 한 점을 언급하며 나의 입장을 말로 표현하면 될 일인데, 나는 이 첫 번째 질문에 대해 입장이 정돈되지 않았다.

먼저, 청와대가 잘 했다, 못했다 판단이 서질 않았지만, 습관적으로 청와대 편을 들며, 청와대는 잘했다고 발언해버렸다. 후유증이 있었다. 둘째, 정국에 미치는 영향은 청와대 발표직후 이미 거대한 태풍이 되었기에 딱히 언급할 내용은 아니었다. 셋째, 윤석열의 검찰총장으로서의 자격에 대해서는 솔직히 윤석열을 잘 모른다는 점이다. 윤석열을 검색해서 윤석열이 언론에 노출되었던 대부분의 기사를 일독했는데도.

결국 첫 번째 아이템인 윤석열에 대한 평론은 '지켜보자'였다. 검·경수사권 조정 법안에 대한 윤석열의 의지와 공수처 설치에 대한 윤석열의 입장을 모르는 상황에서 약간 떨떠름한 입장으로 버벅거리며 착 가라앉은 목소리로 말한 것이다.

90분을 달려가야 할 방송에서 첫 번째 아이템에 대해서, 스스로 평가하기에 너무 졸작이라는 자괴감이 방송 내내 나의 뇌리 속에서 떠나지 않는다. 방송하는 자리 자체가 너무 힘들고 괴롭다. 그냥 "죄송합니다" 하고 그 자리를 떠나고 싶었다. 하지만 생방송에서 그럴 수는 없고.

윤석열과 관련한 수많은 이야기꺼리 중 나는 어떤 점을 놓고 평론할 것인가를 결정하지 못하면서 버벅거린 것. 돌이켜 보면, 애초부터 검·경수사권 조정 법안과 공직자비리 수사처 설치에 대한 윤석열의 입장만 두고 평론을 했다면 훨씬 예리하고 의미있는 비평이 됐을 것이다. 하지만 윤석열에 대한 나의 학습량은 너무 많았고, 각을 세울 수 있는 지점을 찾기에는 하고 싶은 말이 너무 많았던 것이다. 선택과 절제의 문제였다.

'선택과 절제'라는 방송에서의 기본이 무너져 있던 시기였다. 한 주제를 두고 6명의 패널 중 가장 먼저 발언을 할 때도 있고, 나중에 할 때도 있다.

이 때 나는 순서에 따라 여러 가지를 고려한다. 가장 먼저 발언을 할 때는 그 아이템의 개론적 내용을 중심으로 총평 성격의 거시적 평론을 한다. 순서가 중간이나 마지막일 때는, 앞서 다른 패널들이 언급한 내용을 듣고, 보수성향의 패널들이 주장한 내용을 반박하거나, 아니면 다른 패널들이 언급한 내용을 강조하거나, 그것도 아니면, 겹치지 않게 다른 지점, 즉 비록 작은 팩트이고 작은 의미를 가졌지만, 강조하여 의미부여를 꼭 해 줘야 할 점을 짚어서 거기에 따른 미시적 평론을 한다.

그런데 그 땐 그 모든 것이 무너져 버린 때였다. 생방송 중인데도, 방송에 집중하지 않고 딴 생각을 하거나, 계속 시계를 보면서 언제 끝나나, 방송 후 약속장소가 어디지 하며 '멍~'하니 어리바리.

사량도 출렁다리

# 정치인으로 세상읽기

## 66 오늘 현 시점에서, 정치란?

정치의 정의는 이루 말할수 없을 정도로 많다. 초짜에게 정치는 무엇인가 하고 물으시면, 초짜 양문석 왈 "듣다가 또 듣다가 한 마디 하는 것"

그 한마디가 뭐냐고 물으시면 아마도 그 답은 "우는 이와 함께 우는 것. 다음으로 우는 이의 눈물을 닦아 주는 것. 마지막으로 우는 이를 웃게 하는 것이 정치"

우리나라 정치에서 1, 2, 3단계의 정치를 실천적으로 구현하기 위해 노력하는 이가 많다는 데 저는 한 표. 저도 그런 정치하게 하소서~ (2019년 1월 12일) 99

# 시대와의 불화

### – 방송통신위원회 야당 추천 상임위원 임명을 앞두고

요즘 이수광 저, 소설 〈정도전—하늘을 버리고 백성을 택하다〉를 읽고 있습니다. 막 상권을 다 읽었습니다. 여러 가지 교훈들이 제 머리 속에 박혀 옵니다. 더러운 물을 먹지 않기 위해서는 우물을 다시 파야하고, 집이 썩어 쓰러지기 전에 새집을 지어야 한다는, 역성혁명의 논리를 봅니다. '시대와의 불화'를 겪으며 시대의 정신을 피워 올려야 하는 지식인의 고뇌를, 소설을 통해서, 역사적 사실을 기반으로 훨씬 더 풍부하게 이해하려고 합니다.

내일이면 청와대에 임명장을 받으러 갑니다. 다른 차관들이 발표 후 1주일도 채 되지 않아 임명장을 받는 모양인데, 저는 출근한 지 5주차에 임명장을 그들과 함께 받습니다. '시대와의 불화'는 정도전만이 아니라 오늘을 사는 많은 지식인들에게 '조화'보다는 '불화의 불편함'이 더 많습니다. 튀는 행동으로 불화를 표현하지 않으려 합니다. 정책을 통해서 불화의 불편함을 표현하고, '조화의 가능성'을 타진하려고 합니다. 할수 있는데 까지 해보려 합니다.

박차고 뛰쳐나오는 것보다 안에서 끈질기게 시대의 불화에 맞서는 것이 더 중요하다는 것을 모르는 바 아닙니다. 밀어내려는 세력들과 안에서 버티라는 조언들이 충돌하며 빚어내는 불화는 세력 간의 쟁투입니다. 하지만 그 쟁투 안에서 '교집합'을 찾아내고, 그 '교집합'을 법제화하거나 정책으로 만들려는 노력을 계속하렵니다. 잠시 동안 돌멩이를 맞아도 약간의 시간이 흐른 뒤에는 '박수'를 받아 보렵니다.

# 486

공동의 가치를 위해 단일화의 불을 지폈다는 486. 꼴이 우습게 되었다. 하지만 여전히 '아름다운 드라마' 기회는 있다. '공동의 가치'를 구체적이고 명시적으로 선언하라.

지난 일주간 많은 이에게 뭔가 변할 수 있다는, 새로운 희망을 볼 수 있겠다는 '설레는 가슴'을 줬던 이들. 반면 오로지 당권파 또는 숙주만 찾아다니는 심마니의 꼴만 보여 '무너지는 억장'의 불편함을 줬던 이들. 설레는 가슴과 무너지는 억장의 파도타기 중에도 희망을 놓기에는 너무나 대안이 없는 현실.

당당하고 의연한 진보의 가치를 구체적으로 선언하라. 그리고 함께 '시대의 공동가치'를 설파하여 규합하라. 그 가치가 오로지 '세대교체'나 '정치주역의 교체'가 아니라 '가치의 교체'임을 분명히 하라. '당권파의 교체'가 아니라 '정강정책의 교체'임을 못 박아라.

이것이 나와야 새로운 논의의 화두일 터이고, 이것이 선언되어야 설파와 규합의 교집합을 형성할 수 있으리니.

# 이명박 대통령이 직접 가는 조문외교가 필요하다

조문외교. 남북관계에 꼭 필요한 외교이자 가장 효과적인 외교의 하나로 꼽히는 것이 조문외교다. 1976년 중국의 모택동 주석의 장례식장에 미국 전·현직 대통령 리처드 닉슨과 제럴드 포드가 참석하면서 1972년 핑퐁외교를 발전시켰던 국제적 사례가 있다. 상호 적대적 관계를 핑퐁외교로 풀고 조문외교로 강화시킨 것.

상호 적대적 관계를 풀어야 하고, 특히 전쟁발발의 위협을 제거해야 할 남측이 이번 조문외교를 적극적으로 활용함으로써 새로운 관계를 설정해야 한다. 김정일 위원장의 사망과 김정은 국방위 부위원장의 권력승계과정은, 우리 언론이 주장하듯, 남북관계의 새 판을 짤 수 있는 기회이다. 하지만 각론을 제시하지 못하고 막연한 이상론이 주류담론이니 답답한 노릇이다.

새 판을 짤 수 있는 아주 중요한 기회가 있는데도, 새 판 짜기와 조문외교를 분리하는 것은 전형적인 정파적 관점이 아닐 수 없다.

국가관계 남북관계 모두 사람이 하는 일. 만나야 하고 알아야 하고 이해해야 한다. 민간조문단만으로는 옹색하다. 남북관계의 새 판을 짜기 위해서는 새 판을 짤 주체가 움직여야 한다. 즉 우리 정부와 국회가 직접 움직여야 한다는 의미다.

가장 좋은 것은 이명박 대통령이 직접 조문함으로써 통 큰 조문외교를 펼치는 것이다. 여야를 막론하고 전문적 식견이 있는 정치인들과 함께 조문함으로써 이후의 남북관계를 상호 협력적 관계로 진화시키는 노력을 해야 할 것이다. 정부여당의 조문단이 아니라 남측 전체를 대표하는 조문단이 필요하고, 그 상징성은 이명박 대통령에게 있다는 의미다.

정략적 이해득실을 따지면 불가능한 일이다. 지지자들의 편협한 요구로 이 문제를 접근하는 것은 소탐대실이며, 나라의 이익을 정파의 이해관계로 격하시키는 태도이다.

남북관계를 새로운 틀로 재구성하기 위해서, 그 안에 전쟁위기 해소, 남북경협강화, 대미·대중 종속성 약화, 남북관계 독립성 강화 그리고 통일에 대한 합의적 희망 등을 녹여낼 수 있는 현재의 실효적 방법론은 바로 대통령이 직접 조문외교를 펼치는 것이다.

진정 국민을 위해서라면, 기꺼이 지지자들의 편협하고 정파적인 이기주의를 적극 설득하고 통큰 결단을 내림으로써 국민과 역사 앞에 '의미 있는 성과'를 이룩한 대통령이기를 진심으로 바란다.

# 영화 '감기'의 정치학

대통령이 국가재난 때 어떻게 해야 하는지에 대한 좋은 사례. 특히 전시작전권을 둘러싸고 논란 중인 이 때 전시작전권이 한국국민들의 생명에 어떤 영향을 미치는지를, 그리고 우리의 대응이 어떠해야 하는지를 아주 현실감 있게 예를 들어 보여준 영화.

모든 정치는 자국의 이익이 우선하는데, 왜 한국의 일부 정치세력과 언론은 미국의 이익을 위해 자국의 국민을 배반하는데 혈안인지 영화가 끝난 후 생각의 여운을 길게 끌어준다.

다행인 것은 전작권이 미국에 있더라도 수도경비사령부 하나는 대통령이 직권을 행사할 수 있다는 데서 위로를 받는다.

## 과징금과 유연성

20대 초반 정보취득 강자를 위해서 40대 이후의 정보취득 약자들이, 5퍼센트 전후의 정보 강자들을 위해서 95퍼센트의 정보 약자들이 희생해서는 안 되기 때문에 경고하고, 조사하고 또 과징금이나 영업정지를 부과하는 것이다.

디지털시대 정보의 빈익빈 부익부가 단말기 제 값에 산 사람과 헐값에 산 사람을 양산하지 못하도록 하는 것이 존재의 이유다. 그리고 이를 조장하는 통신사들에게 경고하는 것이 세금 축낸다는 공직자의 기본 도리다.

정부의 규제정책은 유연하다. 하지만 시장조사 중에도 이용자 차별행위를 행하는 사업자들에게는 철퇴를 가해야 한다. 다행히 영업정지 하루를 50억으로 계산하여 1700억대의 과징금 발언 이후 다시 시장이 안정화되고 차별적 조치가 잦아들고 있다는 점에서 분위기가 최소 연말연초까지 이어지길 기대한다. 정책의 유연성은 분명히 실존한다.

# 정당 해산

−이해할 수 없는 새정연의 모호한 태도

그 정당의 강령과 행태에 동의하고 안하고의 차원을 떠나, 이런 독재적 행태를 목도하고 있는 시점이 2014년 12월이라는 점이다. 유신헌법이 한반도를 폭력으로 지배하며 공권력이 난동을 부리던 30년 전 1970년대로 타임머신타고 반동한 느낌.

정부의 장관들이 모여 숙의하여 심의·의결하는 국무회의에서 특정 정당해산을 의결하고 법정으로 간 이 사건은, 지금 최대 야당인 새정연(새정치민주연합)도 국무위원의 눈 밖에 나면 헌법재판소로 밀어 넣어 한 방에 보낼 수 있다는 것을 보여준 사건이다. 그런데 새정연이 모호한 입장을 보이는 데는 그 칼끝이 자신들의 목이 아니라는 나태한 판단이 한 몫을 하고 있다.

유신말기 최대야당 당수에게 당수자리를 박탈하던 그 공권력의 난동을 경험한 야당의 맥을 현 새정연이 잇고 있다. 당시 퍼스트레이디가 현 대통령이다.

분명한 것은 국민들 위에 헌재가 설 수 없다는 점.

선거를 통해 만들어진 선출직 국회의원과 지자체 의원과 단체장을 이념과 사상을 죄목으로 삼아 헌재의 아홉 재판관들이 해임시키는 기가 찬 결정이 나왔다는 건 단연코 유신정권시대로의 반동이다.

부정부패나 선거법 위반 등이 아닌 경우 오로지 선출직은 국민들이 당선과 낙선으로 심판해야 한다는 것이 포기할 수 없는 원칙이다.

새정연은 현 정권이 움켜쥔 총의 총구가 새정연을 향한 것이 아니라 하지 말지어다.

## 누적과 상습

처음 한두 번은 애교로 실수로 봐준다. 한데 유사한 잘못을 한 달, 일 년을 넘기고 햇수를 쌓아 가면 독선과 아집이라 비난하고 습관을 넘어 상습범이라고 조롱한다.

소통과 불통의 경계에서 일방적으로 불통의 이미지를 쌓고 덧씌우고, 덧입히다가 불통의 전형적인 인물이 되어 버린 지금. 제스쳐로, 이벤트로, 임기응변으로 수년간 쌓아 덧입힌 이미지가 개선되지는 않는다.

국민을 이기려고 하지 말아야 한다. 지도자는 소신과 아집 사이에서 끊임없이 되돌아보면서 자신을 경계해야 한다. 소신일지라도 포기할 줄도 알아야 한다. 포기의 대상이 사람의 문제일 경우는 더더욱. 비록 자신은 불편할지라도 국민들이 편할 수 있으면 국민들이 불편해하는 사람을 버리는 것이 결단이다.

조선후기 임금 정조는 정약용을 곁에 두고 싶어 했으나, 결국 귀향 보내는 결단을 내린다. 지금 옆에 있는 국민이 불편해하는 이들이 정약용보다 뛰어난 인물일지라도 나라를 국민을 편하게 하기 위해서 버려야 할 때다.

최소한의 지지율이 받쳐줘야 국정운영의 레임덕을 늦출 수 있다. 3년차 레임덕은 앞으로 3년 동안 국민과 나라를 힘들게 할뿐이다. 앞으로 3년 동안 행정부의 복지부동을 유인하게 하고 3년 동안 정쟁격화를 유도하게 한다.

눈 가리고 아웅하는 이벤트와 제스쳐는 결코 국민들을 설득할 수 없다. 책임을 묻고, 책임지게 함으로써 진정성을 보여야 한다. 국민과의 소통의 의지를 국민들이 원하는 것을 실천함으로써 보여줘야 한다.

출처:〈오마이뉴스〉 2015. 10. 19

## 국민부담 VS 서민혜택

현역시절 평균 임금 200만원 받다가 퇴직 후 연금 탈 때 80만원 받을래? 100만원 받을래?

지금 내는 보험금 그대로 내고 80만원 받을래? 지금보다 좀 더 내고 100만원 받을래?

100세 시대라고 말을 말든지. 부자감세를 하지 말든지. 2060년 기금 고갈되나, 2056년 기금 고갈되나 뭐가 다르지. 기금 고갈의 해결방안이 오로지 보험금 인상 밖에 없나.

기금고갈을 대비하는 기금충당 방안은 다른 차원, 다른 트랙으로 해결해야지. 예를 들어 4대강 사업이나 자원외교 사업의 혈세낭비와 같은 정책실패를 줄이면, 국방비를 철저히 운영하면, 부패의 온상에서 투명한 예산집행으로 전환시키면, 현재 전체세수를 좀 더 효율적으로 배분배정하면, 그리고 법체계를 재구성하면, 국민들의 직접부담액을 얼마든지 줄일 수 있다.

또 직접부담 영역에서 많이 버는 사람이 좀 더 많이 내고, 적게 버는 사람이 좀 더 덜 내는 차이의 폭을 약간씩만 조정하는 방안을 고려하면 직접부담에서도 대안이 나온다.

새정치민주연합은 더 강하고 확고하게 국민부담 프레임을, 서민혜택 프레임으로, 프레임체인지를 시도해야 한다.

# 당 대표 비판은 자연스런 당내 정치

－문재인 대표의 작은 변화에 의미부여하자면

　문재인 새정치민주연합 대표가 화가 난 모양이다. 자신을 흔드는 소위 '비노'들의 공격에 대대적인 반격을 준비해 기자회견을 하려다가 당 지도부의 만류로 기자회견을 취소했다는 보도는 여러 가지 생각을 하게 한다.

　(중략) 보도된 내용을 갖고 반격 기자회견을 했다면, 그 순간이 바로 분당의 촉발점이 되었을 터이다. 다행히 지도부의 기자회견 취소 의견을 수용함으로써 극단적인 대결국면은 피했다는 점에서 작은 기대를 남긴다.

　이번 기자회견 취소는 최고위원 등 당 공식기구와 논의해서 자신의 입장을 '조정'한, 보도된 바로는 최초의 '사건'이다. 이 결정과정은 몇 가지 의미를 가진다.

　먼저, 이번 기자회견 취소 결정과정에서 소위 '비선라인'에 대한 의심을 덜어 낼 수 있는 계기를 만들었다는 점이다. 존재를 의심받고 있는 비선라인에서 반격 기자회견을 기획했다고 하더라도 공식라인에서 조정함으로써 비선라인이 있다면 그 힘이 약해질 것이고, 없다면 문 대표의 돌발발언, 돌출행동,

일방일정에 대한 비판을 극복할 수 있는 사례를 만들었다는 점이다.

둘째, 그 사정이야 어떠하든 가장 중요한 것은 당의 공식기구 구성원들과 상의해서 자신의 입장을 굽히고 다른 구성원들의 주장을 수용했다는 점이다.

안타깝지만 예정된 기자회견 취소를 당의 공식기구 구성원들과 상의해서 결정했다는 이런 작은 행위 당연한 행위 자체에 참으로 많은 의미를 부여할 수밖에 없는 현실이 답답하다.

# 마른 논에 물 붓기

통영이 낳은 불세출의 대문호 박경리 선생의 〈토지〉는 수많은 비유어의 보고이다. '씨싸이 나흘장 간다'와 같이. 멍청한 짓을 일컫는 말이다. 정상적이라면 5일장을 가야하는 데 멍청한 씨싸이는 4일장을 가서 허탕치고, 몸 상하고, 돈 버리는. 1908년생이셨던 친할머니가 늘 나를 보고 씨싸이라고 놀리셨던 그 비유어가 〈토지〉에도 나온다.

마른 논에 물 붓기 등 토지의 비유어 사투리 등을 뽑아 만든 책이 〈토지사전〉이다. 100년 전 통영지역에서 사용되던 언어들이 박경리 선생의 토지를 표현한다. 그래서 국어사전과 같은 토지사전이 발간된 것. 그 토지사전에서 '마른 논에 물 붓기'를 정의한 바, '소용없는 짓을 일컫는 말'이란다.

하지만 어제 대통령의 '마른 논에 물 쏘기'는 많은 카메라 앞에서 연출된 행위로 국어학자는 아니지만 감히 정의한다면, '무식함을 노골적으로 드러내고도 부끄러운지 모르는 씨싸이의 행위를 일컫는 말'이라고.

# 경제살리기법

−대통령은 경제살리기법의 리스트를 모를 가능성이 높아

대통령이 국회를 공격하면서 했던 경제살리기법을 발목잡고 있다며 심히 분개했다. 한데 실상을 알아본 즉, 약간 기가 막힌다. 소위 경제살리기법은 총 30개. 그 중 21개는 이미 통과, 2개는 법제사법위원회를 통과, 국회 본회의에 상정되면 바로 통과.

나머지 7개 중 산업재해보상법과 금융위원회설치법 등은 새누리당 내부 이견으로 법제사법위에 하나가 계류 중이고, 다른 하나는 상임위에 계류 중. 그리고 남은 것은 3가지. 서비스산업발전기본법, 관광진흥법, 의료법.

의료법은 병원의 영리사업 진출에 대한 규제를 해제하고자 해서 새정치민주연합이 강하게 반대하는 법이며, 이는 MB정권 때부터 논란의 대상이던 법을 박근혜 정부에 들어와서 더 개악을 시도했던 것. 즉 보건의료의 개념을 모법에 규정하는 것이 아니라 시행령에 넣자고 정부가 주장하는 바람에 야당이 반대.

관광진흥법은 학교보건법 제6조 제1항을 삭제한다는 내용.

제6조 제1항의 내용이 학교정화위생구역 안에 호텔, 모텔, 여인숙을 못짓게 한 것을 풀자는 내용이 포함되어 있다.

2014년 정부조직법 개정할 때, 케이블TV SO를 방통위 소관에서 미래부 소관으로 업무조정을 해야 한다며 끝까지 버티던 대통령한테 던진 질문이 있다. SO가 뭔지, 왜 SO가 미래부 소관이 되어야 하는지 설명을 부탁한다고.

지금 다시 질문을 던진다. 대통령은 과연 경제살리기법의 리스트를 다 알고 계신지, 그리고 어떤 법안 몇 개가 통과되었는지 알고 계신지? 어떤 법안이 새누리당의 내부이견 때문에 통과되지 못하고 있는지? 왜 위의 3개 법안을 야당이 반대하고 있는지 혹시 알고 계신지?

미래세대를 착취한다고 국민연금 개혁안을 거부하던 대통령이 미래세대가 유흥가에서 성장하게 법을 고치자는 이 이중적 태도. 하기야 대통령은 스스로 이중적 태도임을 자각하지 못하겠지만.

# 정쟁이 아니다

-국정원 해킹작태의 5대 의문점

1. 임씨가 아무 문제없는 자료를 삭제했는데도 자살을 한 이유
2. 컴퓨터 전문가가 자살 전 100%복구가 가능한 자료를 삭제를 한 점
3. 삭제 권한이 없는 실무자가 자료를 삭제할 수 있었던 배경
4. 매일 백업이 이뤄지는 자료를 복구하는데 1주일이나 걸린 사유
5. 사건 초, 임씨를 단순기술자라고 해명하다 논란이 되자 그가 '총괄책임자'였다고 말을 바꾼 점

청와대와 정부 그리고 여·야 할 것 없이 같이 국정원의 작태를 이번 기회에 반드시 정리해서 비정상화의 정상화 원칙을 적용해야 한다. 지금의 여권이 언젠가 야권이 될 수도 있다. 그 때도 유사한 사건이 등장하지 말란 법이 없다. 그래서 정쟁이 아니다. 삶의 질과 인권의 문제다. 나의 사생활은 언제든지 국정원이 볼 수 있다는 불안감을 해소해야 한다.

# 86그룹에 바란다

새정치민주연합의 전대협 세대. 386에서 시작해서 벌써 586세대로 호칭이 바뀔 때까지 한국정치의 주역이 단 한 번도 돼 본 적이 없다. 계파보스의 '하청정치'만 했을 뿐이다. 적어도 지금까지는 그렇게 안착하는 과정이었다고 이해해 줄 수도 있다.

하지만 야당이 오늘의 이전투구 양상을 보이며 갈가리 찢겨진 깃발조각만 들고 각자도생만을 추구하는 이 시점에도 또다시 양지를 찾아 어슬렁거리는 하이에나처럼 처신하면 더 이상 86그룹에 대한 나, 우리 그리고 우리들은 침묵하지 않을 것이다.

싹수없는 잔가지는 쳐내야 한다. 고목이 될 때까지 거목이 될 수 있는 나무는 보호하고 가꾸어야 한다. 싹수없는 잔가지가 될래? 거목이 될래? 그 갈림길에 86그룹이 서 있다.

초심, 존재이유 그리고 86그룹으로서 정치력을 기대한다.

# 보수와 진보의 대결이 아니다, 참과 거짓의 대결이다

―국정교과서 이야기 5

역사교과서 국정제를 둘러싼 논쟁이 이상한 프레임으로 접어들더니 잘못된 논쟁으로 비화한다. 보수와 혁신 또는 보수와 진보의 대결 프레임이 그것이다.

박정희는 만주군관학교 출신이다. 일본군 장교였다. 공산주의자였다. '자기 동지들' 팔아먹고 그 댓가로 구명했다. 정치군인의 대빵이었다. 4.19로 이룩한 단군 이래 한민족 최초의 민주정권을 탱크로 쓸어버린 반민주세력의 수괴였다. 머리 속에서 상상만 해도 사상범으로 구속시키고 각종 정치위기 때마다 간첩단 사건을 조작해서 지식인들을 사형시킨 살인마이자 독재자였다.

이것은 역사적 사실이다. 한데 이것을 조작하거나 은폐하려는, 위선과 거짓을 옹호하는 현직 대통령 및 그의 추종자들과 이것을 밝혀 다시는 이런 자들이 득세하지 못하게 하려는, 적어도 이 역사적 장면에 있어서는 진실을 추구하려는 자들의 대결이다.

# 시국선언

―반독재투쟁을 위한 대학교수들의 투쟁방법론

1970~80년대 박정희, 전두환, 노태우 군사독재시절. 독재정권의 전횡으로 정치사회적인 갈등이 발생할 때마다 대학교수들이 자신들의 이름을 걸고 '시국선언'을 발표하면서 독재정권의 독재정치의 흐름을 역류시키곤 했다.

연세대 사학과 교수들의 성명 발표는 그래서 그 의미가 깊다. 현 정권이 독재정권과 다름없는 역사교과서의 국정화 시도에 대해 독재정권에 항거하던 대학교수들의 전통적인 저항방법론인 시국선언식 성명발표.

이는 현 정권을 '독재정권'으로 규정하는 것과 다를 바 없다. 현 정권이 국정교과서 문제를 접지 않고 더 나가면 본격적인 반독재투쟁으로 그 불길이 옮아갈 수도 있다.

# 1대 다수

생계형 B급 정치평론가로 산다는 게 갈수록 어려워진다. 서글퍼진다. 억울해진다.

말도 되지 않는 다수파의 공격을 받아낼 때마다 분이 쌓인다. 1대 2의 경우, 1분30초의 시간을 저쪽이 두 명이면 3분이지만 나는 단지 1분30초밖에 못쓴다.

1대 3이면 논의자체를 주도하는 건 불가능한데 심지어 1대 4도 있다. 지난 1년 동안 많이 단단해졌다고 생각했다. 그런데도 방송이 끝난 후 스튜디오를 나올 때 느끼는 자괴감과 분노가 갈수록 심해진다.

진보진영이 헛발질할 때는 거의 폭발지경에 다다르나 풀 데가 없어 줄담배다.

방송 끝난 후 1시간가량은 머리 속에서 나를 향한, 저들을 향한 분노가 뒤엉켜 왱왱거린다. 좀더 차분히 효율적으로 감정 죽이고 할 걸. 좀더 예리하게 반박할 걸. 그냥 반론하지 않고 웃어줄 걸. 이래저래 후회막급이다.

'1대 1'로 '2대 2'로 토론하거나 '2대 1대 2'로 방송할 때 솔직히 행복감을 느낀다. 공정한 방송의 공평한 구도가 상식인데 이런 상식이 통하지 않는 곳이 더러 있다. 그래서 끼리끼리

모여서 노는 팟캐스트하는 사람들이 부럽다. 오늘은 정말 부럽다.

소수파로 살아간다는 건, 차별받는 민족이나 인종만큼은 아닐지라도 많이 힘들다.

# 아~ 필리버스터

### −이종걸은 '죽을 죄'를 짓지 않았다

이종걸 더민주 원내대표는 '죽을 죄'를 짓지 않았다. 필리버스터의 알파와 오메가는 이종걸 더민주 원내대표였다. 시작도 그가 하고 마무리도 그가 했다. 다수당의 직권상정 때마다 되풀이 되었던 유혈 낭자한 '집단난투극'을 연출하던 국회에서 '정연한 논리와 정서적 눈물'이 있는 필리버스터를 보며 많은 국민들은 한국정치의 새로운 장을 경험했다. 국회선진화법 덕이다. 박근혜 대통령이 의원시절 일군 몇 안 되는 치적 중 하나가 국회선진화법 제정이었다는 것은 아이러니다.

그리고 이를 가장 아름다운 '포장지'로 싸서 국민들에게 선사한 사람은, 정의화 국회의장의 불법적인 직권상정으로 테러방지법이 곧장 통과될 수밖에 없는 상황에서, '필리버스터'를 제안하여 곧바로 실행하게 한 이종걸 대표다.

많은 이들이 필리버스터 내내 함께 했다. 참여하고 공감하고 투쟁했다. 하루 평균 접속자가 6천 명 정도에 불과했던, 국회의사중계시스템은 필리버스터 기간 중 하루 평균 10만여 명이 접속하는 기록을 세우기도 했다. 평소에는 그냥 넘어가던

채널 '국회방송'의 시청률이 무려 20배가 오르는 기록을 보기도 했다. 더민주당 홈페이지는 접속 폭주로 몸살을 앓기도 했다. 필리버스터를 하는 국회의원의 후원금 계좌번호가 SNS에 퍼지기도 했다. 수많은 댓글이 꼬리에 꼬리를 물고 이어졌다. 예리한 비판이 있을 때마다 트위트, 페이스북, 카톡, 라인 등 사이버 공동체 공간 SNS가 들썩였다. 캡쳐하고 편집하여 올리고 퍼 나르고 댓글 달아 소통하는 '정치축제'였다.

이런 축제를 경험한 적이 있다. 2002년 봄이었다. 노무현 후보가 새천년민주당 대통령 후보 당내 경선 광주대회에서 첫 승을 거두었을 때, 수많은 사람들이 얼싸안고 웃었다. 축구 한·일전에서 역전골로 한국이 승리하는 장면을 보며 환호하는 관중과 비교할만한 환호였다. 지역을 옮겨가며 경선 결과가 나올 때마다 많은 이들이 노무현을 응원하며 참여하고 공감했다. 노무현 후보가 대통령 후보가 되어가던 그 시절의 정치는 말 그대로 정치축제였다. 서로 전화해서 설득하고 추천하고 지지하고, 후원금 보내고, 수많은 댓글로 논리를 보완해 주고, 반박논리 개발해 주고, 반박자료 찾아서 올려주고, 지지와 성원을 아끼지 않았던 시절.

그 시절이 지난 2월 23일 19시7분부터 3월 2일 19시32분까지, 192시간26분35초의 8박9일 동안 무려 38명의 야당의원들이 진행한 필리버스터. 그 필리버스터 기간에 재현되었다. 김광진, 은수미 등 존재감이 거의 없던 국회의원들을 스타정치인으로 만들어 국민들 마음 속에 그 이름을 선명하게 새겼다.

8박9일의 정치축제는 전혀 새로운 경험이었다. 실시간으로 전파되는 한국 최초의 민주적 사건이었다. 마지막 필리버스터 주자로 나선 이종걸 대표의 '정말 잘못했습니다. 정말 죽을 죄를 지었습니다'로 시작되는 장장 12시간 31분 동안의 필리버스터는 우리 기억 속에 오래오래 남을 것이다.

지상파, 종편, 신문 중 많은 방송과 언론들이 필리버스터를 향해 독설을 퍼붓고, 테러방지법의 정당성을 강요하는 패널들로 넘쳐났다. 심지어 대통령까지 나서 "전 세계에서 있을 수 없는 일이 벌어지고 있다"며 필리버스터를 행하는 더민주당과 정의당을 싸잡아 공격했다. 은수미 의원의 눈물, 강기정 의원의 '임을 위한 행진곡' 등을 편집해서 연일 비난하는 방송들과 신문들.

소나기처럼 쏟아지는 필리버스터에 대한 비난과 공격에도 많은 국민들은 흔들리지 않았다. 필리버스터 초기, 필리버스터에 대한 찬반 여론조사에서 4% 가량 반대 의견이 많았다. 하지만 3월 2일자 알앤써치 조사결과를 보면, 필리버스터 막판에는 무려 찬성 의견이 13%까지 많아진다. 대구·경북지역을 제외하고 전 지역에서 필리버스터 찬성 여론이 높았다. 그 기간 동안 대통령 지지율은 5% 가량 폭락했다. 새누리당 지지도도 떨어졌다. 김무성 당 대표 지지도도 떨어졌다. 청와대와 집권여당 새누리당의 모든 여론조사 지표는 떨어지는 결과를 낳았다.

그래서 이종걸 원내대표는 '죽을 죄'를 짓지 않았다.

# 김종인 안철수에게 운동권 출신 경력이 매도당할 줄 몰랐다

나는 학생운동을 했다. 헌신적으로 했다. 1986년에 대학에 들어가 2학년 때 전방입소 거부투쟁하다가 전경들이 내리찍은 보도블록에 머리를 맞아 15바늘을 꿰맸다. 3학년 때는 전경이 던진 돌에 맞아 코뼈가 부러지고 코 전체가 함몰됐다. 4학년 때는 중부경찰서에서 군화발에 차여 급성신부전증으로 열흘 동안 혼수상태에 빠졌고 겨우 죽을 고비를 넘겼다.

나만 이렇게 학생운동을 한 것이 아니다. 그 시절 전두환 군사독재에 정말 많은 학생들이 민.주.주.의. 이 네 글자를 위하여 목숨 걸고 싸웠다. 그리고 학생시절 이후 지금까지 민주주의를 위해 여전히 삶의 현장에서 헌신적으로 투쟁하는 이들이 전국 도처에서 활동하고 있다.

이들 중 제도권 밖에서의 한계를 절감하고 제도권 안으로 진입해서 법과 제도를 직접 만들 수 있는 국회진입을 준비하는 이들도 꽤 많다.

그런데 운동권 출신 배제론이 집권여당 새누리당에서 나온 것이 아니라 제1야당, 제2야당에서 경쟁적으로 튀어 나오고 있다.

나는 시민운동 출신이다. 박사학위를 취득한 후, 노동운동 3년 이후 잠깐 취직했다가 다시 시민운동에 투신했다. 하지만 나와 달리 학생운동에서 노동운동, 시민운동을 평생하는 사람들이 전국 도처에서 처절한 투쟁을 벌이고 있다.

그런데 시민운동 출신이 정치예비후보들의 이력서에서 금기시 되는 단어로 전락했다. 제1, 제2 야당의 지도부가 배제 대상으로 낙인찍었다.

학생운동, 노동운동, 농민운동, 환경운동, 언론운동 등 시민운동 출신은 전문성이 없다는 미신같은 전제를 두고 공천결격 사유인양 죄인처럼 매도한다. 낡은 진보라는 사전에도 없는 굴레를 씌어 매도한다.

그런데 정작 운동권 출신, 시민운동 출신 현역의원들은 이에 대해 한마디도 하지 않고 있다. 반론도, 반발도 없다. 운동권 출신, 시민운동 출신으로 이번 총선에 출마하려는 선·후배들이 평생을 헌신적으로 살며 쌓아 올린 민주주의의 가치가 어줍잖은 야당들 지도부의 같잖은 논리에 희생양이 되고 있는 꼴을 보면 분통이 터진다.

정말 제대로 된 정치를 위해 어려운 결정을 하고 정치신인으로 이번 총선을 준비하는 운동권 출신, 시민운동 출신 선·후배들을 적어도 김종인, 안철수가 매도할 자격은 없다.

제대로 된 정치를 위해 총선을 준비하는 운동권, 시민운동 출신 선·후배 여러분 힘내시라. 비록 힘은 없으나 나를 비롯하여 많은 이들이 여러분들의 의미있는 도전에 열심히 응원하고 지지를 아끼지 않을 것이다.

# 우상호, 박지원 원내대표께

　여러모로 일하는 국회 상을 국민들에게 보여주기 위해 노심초사하는 두 분 원내대표님께 큰 박수를 보냅니다. 다름이 아니오라, 국회의사당 내에서 농성하고 있는 추혜선 정의당 의원

〈미디어스〉 2016.6.15

의 문제로 촉발된 이번 상임위 배정 문제는 결코 추 의원의 문제만이 아닙니다.

　울산 북구의 무소속 윤종오 의원 또한 노동자 출신의 국회의원으로 노동문제를 다루는 환노위를 1지망 했습니다. 노동자 출신 국회의원이 미방위(미래창조과학방송통신위원회)에 있는 것도 그 전문성을 살리는 것이 아닙니다. 더불어 울산 북구가 왜 윤 의원을 압도적인 지지로 국회의원을 시켰습니까. 노동자의 이해를 대변하고, 청와대의 일방적인 노동개악을 저지하라는 울산 북구 유권자들의 여망이 스며 든 것입니다.

그렇다면 지금 바로 환노위 숫자를 한 명 증원함으로써 윤의원이 환노위로 가고, 추의원이 미방위로 가서 각각의 전문성을 살리게 하는 것이 타당하고 합리적이라고 생각됩니다. 비정상을 정상으로 바로잡는 것이 일하는 국회이고, 일하는 국회의 상징적인 첫 쟁점과 합의가 환노위의 숫자를 증원하는 것입니다. 또한 상임위 숫자는 이후에도 고정된 룰이 아니라 탄력적으로 운영할 수 있는 제도로 재정립하는 것이 올바른 국회운영이라고 생각합니다.

# 더민주는 사드를 찬성하는가?

전략적 모호성이 사드에 대한 입장인 모양인데 분명히 알아야 할 것이 있다. 대테러방지법도 처음엔 찬성이 많았다가 야당과 진보적 시민사회의 분명하고 적극적인 반대 활동에 의해 여론조사에서 반대가 훨씬 많은 상황으로 여론을 뒤엎었다.

천주교 주교회의가 천주교의 공식입장이 '북핵반대 사드반대'임을 선언했다. 정치적 이해득실을 따지지 말고 한반도가 화약고가 돼서는 안 됨을 분명히 선언하라.

여론추이를 눈치 보며 쫓아가는 게 야당과 정치지도자의 역할이 아니다. 대통령의 잘못된 결정을 바로 잡고 여론을 이끌어가는 게 제1야당의 역할이고 시대적 소명이다.

# 세월호 관련, 총선 민의 여소야대의 왜곡과 조작

대선승리를 위한 잔대가리가 정작 권력과 힘에 억눌린, 한 맺힌 국민의 응어리를 더 크게, 더 굳게 한다. 왜 권력을 잡으려 하나. 뭘 하려고 정권교체를 해야 하지? 총선 민의의 조작과 왜곡이 더민주당과 국민의당에서 유령처럼 배회하고 있다.

정권과 주류 보수언론에 의해 난자당한 세월호의 투쟁 이미지를, 성주 군민들 또한 사드반대투쟁을 하며 언론 왜곡의 동병상련을 느끼고 있다.

# 카카오톡이 무섭다

-검경의 압수수색 요구 80% 수용

　나는 최근에 언론사의 서버를 압수수색 당했다는 이야기를 들어 본 적이 없다. 그만큼 언론의 자유는 엄중하고 언론사의 자유는 훨씬 더 엄중하다는 반증이고, 검찰이나 경찰이 언론사에 감히 함부로 압수수색을 할 엄두를 거의 내지 못한다는 것의 증거다.

　몇 년에 한 번씩 경찰과 검찰이 언론사 압수수색을 시도하거나 강행한다. 그 때마다 다른 언론들은 벌떼처럼 검경을 비판한다. 한데 개인정보의 비밀이 훨씬 더 많고 훨씬 엄중해야 할 SNS, 그것도 우리 국민들이 가장 많이 사용하는 카카오의 카카오톡과 포털사이트 다음이 검경의 압수수색 요청 10번 중 8번을 허용한다니 기가 막힐 일이다.

　심지어 지난 달 29일에도 서버 압수수색을 했단다. 청와대 민정수석 우병우와 관련된 물타기에 다름없는 이런 압수수색과 수사가 일상이다. 나는 상당히 여러 그룹과 카톡에서 대화한다. 카톡이 무섭다.

# 정치보복과 적폐청산의 차이

보복이라 함은 박근혜 정권의 블랙리스트가 전형적인 정치보복이다. 법을 위반한 것도 아니고 단지 자기를 지지하지 않고 경쟁자를 지지했다는 이유로 불이익을 주는 행위다.

반면 적폐라 함은 오랫동안 쌓이고 쌓인 관행, 부패, 비리 등의 폐단을 말한다. 이를 뿌리 뽑으려면 조직, 사회, 국가 전반의 전방위적 개조와 혁신적인 노력이 필요하다. 당연히 관련 책임자에 대한 문책과 처벌이 뒤따를 수밖에 없다.

보복하자는 게 정권교체의 이유가 아니고 적폐를 청산하자는 게 정권교체의 이유다.

## 이제는 오바마의 미국이 부럽지 않아

대통령 오바마를 가진 미국이 부러웠던 때가 있었습니다. 총기난사 희생자 추모식에서 '어메이징 그레이스'를 선창하던 오바마를 가진 미국이 몸서리치게 부러웠던 적이 있었습니다. 우리도 저런 대통령이 있으면 얼마나 좋을까~했는데. 하지만 이제는 부럽지 않습니다. 결코 부럽지 않습니다.

다시 보다가 또 운다. 옆에 누워있는 중2남이 한마디 한다. "아빠~울어~?" 속으로 한마디 한다. 어휴~ 눈치 없는 놈~

# 역사의, 시대의 아이러니

밀월기간. 정권 초 국-청간, 여-야간, 언-청간 형성되는 협조 분위기가 지속되는 기간. 노무현 정부 땐 사실상 없었다고 봐야한다. 특히 언론과 청와대는 초반부터 난타전이었다. 문재인 정부엔 한 달 남짓 만에 밀월이 끝나간다.

청와대가 자초한 면이 크다. 하지만 적폐청산을 통한 국가 대개조를 위해 반드시 깨끗한 손이어야 하는가? 성인군자의 삶이어야 하는가? 젊은 시절의 호기, 객기가 추억으로 회자되지 않고 추악한 과거로 질타 받아야 하는가? 이런 문제제기를 이명박근혜 정부 인사청문회 과정 내내 청와대와 여권 그리고 보수언론이 주장해왔다. 나는 격렬히 이런 태도와 입장을 비판했다.

하지만 지금 내가 방송에서 이런 주장을 하고 싶은 욕구를 느낀다. 집권여당 민주당 당원으로서 문재인 정부의 성공을 염원하기 때문이다. 개인 문재인이 아니라 나, 너, 우리가 문재인이기 때문이다. 그렇게 간절히 정권교체를 열망해 온 지난 10년. 적폐청산 즉, 검찰개혁, 교육개혁, 국방개혁, 언론개혁, 남북관계개선 등의 필요성과 시급성 절박성이 뼈에 새겨지는 세월이었고, 이런 개혁을 이루려는 간절한 의지가 축적

되는 시간이었기 때문이다.

"일단 한 번 지켜보자"는 보수정권 시절 청와대, 집권여당, 보수언론들의 주장을 지금 내가 말하고 싶은 욕망을 갖는 게 역사의 시대의 아이러니다.

스스로에게 '양문석~ 너 마저~'

# 오늘 현 시점에서, 정치란?

정치의 정의는 이루 말 할 수 없을 정도로 많다. 초짜에게 정치는 무엇인가 하고 물으시면, 초짜 양문석 왈 "듣다가 또 듣다가 한 마디 하는 것"

그 한마디가 뭐냐고 물으시면 아마도 그 답은 "우는 이와 함께 우는 것. 다음으로 우는 이의 눈물을 닦아 주는 것. 마지막으로 우는 이를 웃게 하는 것이 정치"

우리나라 정치에서 1, 2, 3 단계의 정치를 실천적으로 구현하기 위해 노력하는 이가 많다는 데 저는 한 표. 저도 그런 정치하게 하소서~

이 밤의 기도… 양문석 드림~♡~

# 한반도 비핵화의 산고, 외교적 새 생명을 다시 기다리며

### ─제2차 북미정상회담 합의문 발표 무산에 즈음하여

가장 고통스러운 과정 또는 시간을 산고, 아이를 출산하기 위해 어머니가 이를 악물고 비명을 삼키며 온몸을 떨며 트는 시간에 비유합니다.

70년가량을 적대국가로 살아온 북미관계가 산고의 시간을 보내고 있습니다. 산고의 끝에는 너무나 이쁘고 사랑스런 새 생명이 기다립니다. 완전한 대북제재 해제와 완전한 비핵화라는 새 생명을 기대하며 좀 더 지켜보는 인내가 또한 우리에게 필요합니다.

그리고 지금까지 누구도 풀지 못한 난제를 지혜롭고 합리적으로 풀어 제2차 북미정상회담까지 성사시켜 온 문재인 대통령의 역할을 다시 한 번 전 세계가 주목하고 있습니다. 우리 또한 문 대통령이 엉킨 실타래를 어떻게 풀어내는지 지켜보며 힘을 실어야합니다.

일본을 제외하고, 한반도와 전 세계가 기다리는 한반도 비

핵화 완성의 외교적 새생명을 머지 않은 때에 안아들고 우리
는 춤추리라 확신합니다.

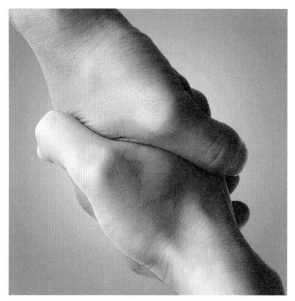

〈출처:남북정상회담 준비위원회〉

# 산토끼 눈치보다 집토끼한테 치바친 격

전교조 원상회복을 위해 나는 촛불을 들었다. 그런데 왜?

민주노총이 주장하는 정당한 노동권에 동의해서 나는 촛불을 들었다. 그런데 왜? 이 정부는~~~

'멸공-반노동'의 무지에 아부하지 말기를, 오른쪽 눈깔만 가진 도다리처럼 이리저리 휘번득거리듯 좌고우면 말고 '사람사는 세상'을 향해 문재인 정부가 올곧게 담대하게 결단하고 전진하는 결기를 기대한다.

제발 정치공학 프레임에 휘둘리지 말기를. 달랑 집권 5년을 하고 끝내더라도… 역시 민주당 정부는 '노동자 서민의 편'임을 증명하기를~~~

# 지소미아 조건부 연기,
# 문재인 정부의 '신의 한 수'

지소미아 종료는 한일관계에 대한 감정적 조치로 읽힐 수 있었다. 흔들리지 않는 대한민국, 누구도 흔들 수 없는 대한민국을 주창하는 문재인 정부의 명확한 입장은 '일본의 경제적 도발에 의한 대응조치로서 지소미아 종료'였다. 하지만 살펴봐야 할 것이 제법 있다. 한일관계, 한미관계 등에서 살펴봐야 할 부분을 먼저 짚어보자.

박용진 민주당 의원과 유승민 바른미래당 의원이 주장했던, 아베의 꼼수에 말릴 수 있어 신중해야 한다는 주장이다. 즉 동북아의 정치 군사적 지형에서, 한국을 중국 편으로 몰아붙여 한·미·일 동맹에서 한국을 배제시킴으로써, 미·일 동맹만 남겨 일본이 동북아의 정치 군사적 주도권을 장악하려는 일본 수상 아베의 꼼수로 보는 시각이다.

그 꼼수가 바로 일본의 화이트리스트에서 한국을 제외하고 핵심부품 수출규제 등 경제적 도발을 감행함으로써 한일관계를 극단적으로 악화시켜, 한국이 이에 보복조치로 지소미아를 종료함으로써 미국의 조야에 한·미·일 동맹보다 미·일 동맹에 힘을 싣고, 동북아에서 미국의 유일한 전략적 파트너는 오직 일본뿐이라는 인식을 공고히 하는 것이다. 이 결과 일본은 전쟁을 할 수 있는 나라로서의 헌법 개정과 군사대국으로 가기 위한 재무장이라는 두 마리 토끼를 잡을 수 있다는 전략을 아베의 꼼수로 읽고 있는 듯하다.

문제는 진단과 처방의 간극이다. 박용진과 유승민처럼 읽을 수 있다. 그러나 일본이 경제적 도발을 감행하고 안보적 도발을 시도하고 있는 상황에서 한국의 대응은 지소미아 연장으로 가야 하는가? 아무런 대응도 하지 못하고 아베의 꼼수를 읽었기 때문에 우리는 그냥 아베의 꼼수에 말려들지 않기 위해서 그냥 참아야 하는가?

박용진과 유승민의 인터뷰 내용을 훑어보면 두 가지로 정리된다. 하나는 아베의 꼼수에 말려들지 말아야 한다. 둘째는 신중하게 대응해야 한다. 그런데 신중하게 대응하는 것이 어떤 것인가? 이미 일본 쪽으로 기울어져 있는 미국에 애걸복걸 우리 편을 들어달라고 빌어야 하나? 아니면 아베의 명분을 없애기 위해서 일본에게 우리가 그 동안 위안부와 강제징용에 대해 주장했던 것을 사과하고, 한일관계를 일본의 경제적 도발 이전으로 되돌리자고 해야 하나?

진단이 맞을 수 있다. 하지만 처방이 없다면 헛일이다. 아베의 꼼수를 암으로 진단했는데, 그 암을 치료할 수 있는 처방이 없다. 종종 파국에 이르러야 해법이 생기는 경우도 있음을 간

과한 주장이다.

또 다른 주장은 자유한국당 황교안 대표의 주장이다. 막무가내다. '지소미아 종료를 목숨 걸고 반대한다.'는 주장밖에 없다. 왜 반대하는지에 대한 설명이 없다. 선동만 난무할 뿐이다. 지소미아 종료하면 목숨 건 단식을 계속하겠다는 협박뿐이다. 내용 없는 정치인의 전형이 지금 황교안이고, 황교안의 단식투쟁이다. 굳이 의미를 부여하자면, 박근혜 전 대통령탄핵 촛불이 광화문을 밝히고 있을 무렵, 황교안이 국무총리로 내외의 반대를 무릅쓰고 자신이 주도적으로 지소미아를 체결했기 때문에, 종료하면 안 된다, 그 이상 그 이하의 주장도 아닌 것이다. 내용도 논리도 없다.

이 상황에서 11월 22일 지소미아 종료를 몇 시간 앞둔, 바로 오늘 강경화 외교부 장관은 일본으로 건너가서 협상을 진행 중이다. 뭔가 새로운 실마리를 찾아내려는 최선의 노력으로 보인다. 하지만 아베 정권의 안하무인격 적반하장식 대응태도가 여전히 유지되는 지금 시점에서 새로운 실마리를 찾을 가능성은 희박하다.

그러나 오늘 강경화 외교부장관의 일본 방문은 의미있는 방문이다. 몇 가지 메시지를 담고 있는 방문이다.

하나는 국민들에게 문재인 정부가 전달하려는 메시지다. 즉, 비록 일본의 경제적 안보적 도발에 의해 발생한 사태가 지소미아 종료로 이어졌지만, 문재인 정부는 끝까지 일본을 설득하기 위한 노력을 했다는 것을 보여주는 것이다.

둘째, 미국을 향한 메시지다. 미국이 일방적으로 일본을 편들며 문재인 정부를 압박한 지소미아에 대해 한국 정부가 치욕적이고 굴욕적이나 외교적 노력을 다 했다는 것을 보여주는 것이다.

셋째, 황교안과 자유한국당을 향한 메시지다. 비록 막무가내식이나, 제1야당의 강력한 요구를 받아들여 문재인 정부는 마지막까지 일본과의 관계개선을 위한 노력을 포기하지 않았다는 것을 보여주는 것이다.

이 와중에 문재인 정부는 '조건부 지소미아 연장'으로 현 상황을 맞받아쳤다. 신의 한수라고 볼 수 있다. 일본의 태도 변화 없는 지소미아 연장은 문재인 정부를 지지하는 국민들에게는 사실상 '정치적 패배'로 읽힐 수 있다. 진보적 시민단체가 강력하게 지소미아 종료를 요구하고 있는 상황이다. 국민의 과반수 이상이 지소미아 종료에 찬성하고 있다. 또한 문재인 정부 지지자들이 한·일관계가 악화된 와중에 문재인 대통령이 언급한 '아무도 흔들 수 없는 대한민국'에 정면으로 위배되는 조치로 읽음으로써, 지지세력 이탈이라는 악재가 될 수 있는 사안이었다.

그런데 조건부 지소미아 연장을 던짐으로써 다시 공을 일본 코트에 넘겨 놨다. 일본의 태도 변화를 촉구하는 마지막 스매싱이라고 보면 된다.

앞서 언급한 국민들, 미국, 야당을 향해 던진 메시지로서 강경화 외교부장관의 긴급 일본 방문과 더불어 지소미아 조건부 연장으로 문재인 정부가 할 수 있는 모든 노력은 완료되었다.

일본의 태도 변화가 없으면, 조건부 연장의 조건부를 충족시키는 안을 일본이 제출하지 못하면, 이대로 지소미아는 종료된다. 더 이상 미국의 일본 편들기로써 한국정부 압박은 설득력을 잃을 수밖에 없다. 또한 황교안과 자유한국당의 친일행각에 가까운 단식투쟁과 대정부 공격은 부메랑으로 돌아갈 수 있다.

마지막으로 동북아 정치 군사적 지형에서 한국을 한·미·일 동맹에서 배제하고, 그 과실로서 전쟁할 수 있는 나라로서 일본의 헌법 개정 및 일본의 군사대국화를 노리던 아베의 꼼수는 파탄지경에 이를 가능성이 높다.

그래서 문재인 정부의 지소미아 조건부 연장은 신의 한수인 것이다.

# 언론인으로 세상보기

네 편 내 편을 떠나, 이념적 차이를 떠나, 종교적 신념을 떠나 언론의 존재이유
는 권력과 자본을 감시하는 것. 특히 권력에 대한 감시기능이 공권력에 의해
저하된 정권치고 실패하지 않은 정권이 없었다. 더불어 정권의 말로가 불행의
늪에 빠져드는 시발점이 언론을 억압하는 일이었음을 최근의 역사가 적나라
하게 증언하고 있다.(2014년 12월 5일)

# 〈조·중·동·매·연〉의 등장,
# 이제야 정신 차리는 듯 기존 방송사

라디오의 시사프로그램 인터뷰 요청이 쇄도한다. 종편 선정 과정과 결과에 대한 기존 방송사의 불편함과 위기의식의 반영이다. 그렇게 시민사회와 야당이 언론악법에 대해서 싸울 때 그들은 외면하거나 겨우 생색내기 수준의 방송에 그쳐왔다.

지금 종편 4개, 보도 1개 즉, 〈조·중·동·매(매일경제)·연(연합뉴스)〉의 방송진출은 그들에게 당혹을 넘어 공황상태로 몰아가는 내용. 불길한 예측이 현실화되었을 경우 대부분은 대응책이 있으나 이 경우는 없다. 없을 수밖에 없다.

정치권력의 위세에 눌려, 자기검열에 익숙한 기존의 방송. 자신의 밥그릇이 금이 가고 깨지기 일보 직전까지 침묵으로 일관, 쩍쩍 벌어지고 갈라지는 제 밥그릇을 보며 이제서야 화들짝 놀라는 이들의 굴종적 방송태도. 크게 혼이 나야겠지만, 그나마 〈조·중·동·매·연〉보다는 나을 터.

선택지가 없는, 그래서 기존의 방송사를 응원하고 지지할 수밖에 없는 시청자들이 불쌍하다. 이번 기회에 기존 방송사들의 통렬한 자기반성을 필요로 하나, 과연 저들이 그런 반성의 선상에서 '할 말을 할 수 있겠나.' 싶다.

다행히 정치권력이 4년 차에 접어들면서 장악력이 급속히 떨어지는 시기이니, 역사적 경험에 비춰볼 때 왕성한 표현의 자유를 누릴 수 있는 시기이니, 기대해 본다.

강조하건대, 침묵하면 망할 수 있는 것이 기존의 방송사다. 스스로 자기 밥그릇을 지키는 것은 〈조·중·동·매·연〉에 대한 냉정한 비판이리라. 사실을 중심으로 한 현실적 비판이리라. 그리고 〈조·중·동·매·연〉을 등장케 함으로써 미디어시장의 재앙을 도래하고, 저널리즘의 황폐화를 초래한 한나라당 정권에 대한 비판이리라.

# 4.27선거, 〈조·중·동·K·M〉 등
# 주류 언론의 참패

조·중·동, KBS, MBC 등 소위 주류 언론이 이번 선거에서 참패했다. 한데 저들은 '한나라당'이 참패했다고 대서특필이다. 이번 선거도 어김없이 저들은 불공정이었다. 숨길 건 침소하고, 드러낼 건 봉대했다. 더 큰 죄를 지은 후보는 작은 제목으로, 작은 실수를 한 후보는 큰 제목으로 '조졌다.'

지난 3년 여, 지상파의 사장들은 방송의 공신력을 지속적으로 훼손해 왔다. '인사권'을 휘두르면서 정권의 혓바닥처럼 입을 놀렸다. 그들은 정치권력과 철저하게 유착되어 있는 '낙하산 사장들'이었다.

크고 작은, 수많은 저항이 끊임없이 이어졌다. 지금까지도 저들은 이유 불문하고 자기들이 정한 '우리 편'과 '나쁜 놈'으로 사람들을 나누고, '나쁜 놈'으로 분류한 사람은 철저하게 발본색원했다. 해고, 정직, 감봉의 징계와 퇴출 등으로 조직을 휘어잡고, 따르는 자들에게는 '상'을, 저항하는 자들에게는 '벌'을 주며 '줄서기'를 강요했다.

이 모든 짓의 목적 즉, 바로 저들이 노렸던 것은 '여론조작'

이었다. 하지만 정권의 중간평가 성격이 강한 선거 때마다 판판이 정부여당의 패배로 이어졌다. 수많은 여론조작의 증거들이 한국사회의 많은 이들에게 전달되었고, 그 결과는 다시 한번 재보궐 선거에서 드러났다.

스스로 공정성을 바탕으로 한 공신력을 확보하지 않는 이상, 그냥 그 수많은 정보 중 〈조·중·동K·M〉류의 보도일 수밖에 없는 시대의 흐름을 거스를 수 없다. '한나라당=조·중·동·K·M'이 여론조작으로 승부하지 말고 제대로 된 민생을 챙기고 법과 제도를 정비하고 조직과 인사를 투명하고 공정하게 함으로써 평가받으려고 노력해야 할 것이다.

〈출처:미디어스〉

# 지역 언론이 살아야 지역이 산다

제가 다니는 회사 밖, '광화문광장'은 지열이 계란후라이가 가능할 정도로 '작열'입니다. 바로 그 옆에 MBC노조 수석부위원장이자 해고자인 정대균 진주MBC 노조위원장이 단식하고 있습니다. 단장의 미아리고개, 창자가 토막토막 나는 듯한 슬픔과 고통. 지금이 단장의 광화문광장입니다.

지역이 살아야 나라가 산다. 지역 언론이 살아야 지역이 산다. 지역방송이 살아야 지역 언론이 산다. 지역방송 노조가 살아야 지역방송이 산다.

지역방송이 지역방송답게, 더 분화되고 더 지역에 밀착할수 있는 방송정책이었으면 합니다. 서울MBC 경영진의 권력 해바라기가 지역을 죽이려 듭니다. 오로지 자신들의 보신과 안위를 위해, 지역 언론 방송을 죽이려 듭니다. 그들이 오늘 지역 언론, 지역방송의 살해범들입니다.

## 바닥의 사람들

방송종사자들 하면 PD, 기자, 엔지니어, 아나운서, 행정, 작가, 탤런트, 가수, 리포터, 개그맨 이런 정도로 이해. 오늘 점심에 조명, 음향, 무대설치, 경호 등등에 종사하는 분들과 함께 했다.

소위 말하는 공연과 드라마의 스태프에 해당하는 분들. 앰프설치를 위해 앵글로 만들어 철탑의 꼭대기를 누비는 이들. 수백Kg짜리 음향장비를 설치하고 해체하는 이들. 스크린을 달기 위해 곡예를 하는 이들. 연예인 경호를 위해 돌발사고 맨앞에서 몸으로 막는 이들. 이들이 국가사회로부터 사실상 소외당해 있더라. 정부며, 방송사며, 심지어 노동조합으로부터도.

비정규직, 영세회사 직원, 일일노동자 등으로 연명하나 이들이 콘텐츠진흥기반의 필수요원들인데도. 방통위의 오○○ 과장과 한○○ 사무관이 법의 테두리 속으로 법의 보호와 지원 속으로 넣기 위해 분투하는 모습이 어쩜 아름답기까지 했다는.

# 종편 개국 축사에서 빠진 공정성

아주 긴 시간동안 진행된 종편 개국 행사. 이명박 대통령, 김황식 국무총리, 최시중 위원장, 박희태 국회의장이 영상 혹은 직접 축사를 하면서 끝내 빼 먹는 '단어'가 있었으니, 그것은 바로 '공정성'이었다. 4개 종편의 사장들 또한 '공정성'에 대해선 한 마디도 언급하지 않았다.

종편 허용 및 개국을 반대하는 이들이 가장 심각하게 우려하고 걱정한 것은 특혜 또는 꼼수보다도 '공정성의 훼손 가능성'이었음을 감안한다면 그 많은 축사에서 이 문제는 반드시 짚어야 했을 '개념'이었다.

종편사의 모태인 〈조·중·동〉이 각종 이슈에서 보여 왔던 '편파적·정파적 보도 태도'는 많은 국민들의 원성을 받아왔고, 이런 보도 태도가 종편으로 옮겨 붙을 가능성으로 인해서 그 엄청난 반대가 있었다.

그런데 축사와 인사를 한 이들 중 '공정성'을 아무도 언급하지 않았다는 것은 70% 가량의 국민이 종편의 등장을 반대한 그 이유를 깡그리 무시했다는 의미이다. 앞으로 종편 앞에 놓

여진 특혜와 꼼수의 효용성과 지속성 등은 결국 철회되거나
회수될 터, 그 잘못된 씨앗을 뿌린 이들과 그 못된 모태의 존
재까지 위험함을 다시 한 번 경고한다.

# 남북, 적대적 상호주의와 적대적 상업주의

적대적 상호주의란 서로를 적대시하면서 서로의 이익을 챙기는 요즘 말로 'win-win의 정치적 개념'이다. 국내정치에 남은 북을, 북은 남을 적절히 자극하며 정권유지 수단으로 삼아온 냉전시대의 개념이며 대북 대남 정책의 핵심기조가 '적대적 상호주의'였다.

이런 적대적 상호주의는 최근까지 남북관계를 규정하는 데 있어, 냉전시대만큼은 아니지만 일정한 '기조'를 띠고 있었고, 이에 편승해서 일부 언론들이 '적대적 상업주의'를 자사 이윤 창출을 위한 핵심수단으로 이용해 왔다.

점차 희석되어가는 정치영역에서의 적대적 상호주의보다는 더 심각한 문제가 있으니, 그것은 바로 '보수언론의 적대적 상업주의'이다. 이는 여전히 주목의 대상이다.

최근 10여 년 동안 1차, 2차, 3차로 이어진 서해교전이 그랬고, 천안함 사건과 연평도사태가 그랬다. 정부의 공식입장과는 달리, 정부의 공식입장을 끊임없이 '자신들의 프레임'으로 끌어들여 더 큰 이슈로 확대하려는 시도가 그랬다.

문제는 '전쟁가능성'이다. 역대 전쟁 특히, 근현대의 세계대전이 아시다시피 사소한 일에서 폭발했다. 의도적인 적대적 상호주의가 지속적으로 그 영향을 가지고 있더라도, 물 밑의 협상라인이 유지됨으로써 '돌발 상황'을 통제해 왔다. 하지만 언론의 지속적이고 의도적인 압박은 이런 '돌발 상황의 통제력'을 순식간에 상실시킨다는 점이다. 특히 정서적 상황이 민감할 때 적대감을 고조시킴으로써, 돌발 상황은 걷잡을 수 없는 '재앙'을 불러일으킬 수 있다는 점에서 전쟁의 근현대사는 지금 우리에게 상당한 시사점을 던지고 있다.

현재 남측의 역할은 조용히 지켜보는 것을 '기본 대응태도'로 삼아야지, '어버이연합'처럼 광화문에서 김정일 사망 축제판을 벌인다며 도발을 자극하는 듯한 태도는 결코 있어서는 안 된다. 그리고 이와 같은 행태를 공정한 보도태도인 양, 객관적 사실인 양 대서특필해서도 안 된다. 극우주의적 대응 태도는 곧장 화약고에 불씨를 놓는 것과 다름없는 '만행'일 수 있다는 점에서 다시 한 번 보수언론들의 자제를 촉구한다.

비록 상업적 이윤을 확보하는데 이것보다 더 좋은 기회가 없을 터이고, 종편의 '선명함'을 과시하는 데에 지금보다 호기는 당분간 없을 수 있다. 하지만 죽고 사는 문제지, 이윤창출의 적대적 기회일 수 없는 사건이 지금의 김정일 위원장 사망 사건이다.

제발 기존의 보도프레임을 버리고, 이번만은 자제와 자제, 신중과 신중을 간곡히 당부한다.

# 종편출연, 해야 한다

민주당 내 대선 평가 과정에서 종편 출연을 할 것인가, 말 것인가에 대한 논의를 시작한 모양이다. 종편 출연에 대한 내 입장부터 밝히면 '출연해야 한다.'이다. 민주당 관계자들뿐만 아니라 진보논객들도 출연해야 한다.

많은 논란을 일으킬 수 있고 수많은 공격을 받을 수도 있다. 하지만 중요한 것은 종편이 현실 정치제도 중 영향력 있는 하나로 지난 대선 과정에서 자리매김을 했다는 점을 애써 외면하면 안 되기 때문이다.

50대 이상의 시청자와 여성 시청자들에게 있어서 이미 종편은 의미 있는 시사현안에 대한 중요한 학습지로서, 해설서로서 그 역할을 하고 있다.

종편에서 매시간, 매일, 매주, 매달, 다양한 보수논객들이 등장해서 다양한 해석을 내린다. 식자층이 아니라도 쉽게 이해할 수 있는 설명이 곧잘 등장한다. 더불어 강한 적대감을 표출하는 감정적, 정서적 호소나 주장은 식자층이 아니라도 쉽게 감정이입이 일어나고 동일시가 나타나기 시작했고, 그것을 듣고 보며 이해한 만큼 자신의 언어로 다시 SNS를 통해 밝히고 나누며 대중적인 쟁점으로 성장시킨다.

방송의 힘이었다. 사안 사안마다 일방적이고 편파적인 해석을 가하며 종편 시청자들의 눈과 귀를 세뇌시킬 수 있었던 것은 반대논리로 반박하는 진보논객이 없는 상황에서 일방적으로 쏟아 붓는 세뇌의 홍수에 종편 시청자들이 무방비상태로 노출되었기 때문이다.

종편의 등장을 반대하는 과정에서 예측되었던 일이고, 이런 현상에 대한 위험 때문에 종편의 등장을 그렇게 결사적으로 반대했다. 하지만 뚫렸고 이제는 정치제도의 영향력 있는 하나로 성장한 종편이다.

어떻게 할 것인가. 답은 출연이다. 진보논객들의 적극적인 출연으로 보수 극우 논객들을 반박함으로써 의제의 중심과 합리성을 잡아내야 한다. 역설적으로 민주당 관계자나 진보논객이 출연하는 종편인 MBN의 관련 프로그램 시청률이 다른 〈조·중·동〉 TV 시청률보다 많게는 2배까지 높다는 것이다. 즉 〈조·중·동〉이 진보논객을 외면하면 바로 시청률 하락으로 이어지기 때문에 쉽사리 진보논객을 외면할 수도 없다는 점이며, 일정한 공정성을 확보해야 시청률 제고 전략에 유리하다는 점이다.

단, 종편 특혜에 대한 것까지 용인하자는 것은 아님을 분명히 밝힌다.

# 선의?

오늘 청와대 대변인의 호소문을 보면 박근혜 정부가 방송을 장악할 의도가 전혀 없다. 믿어달라며 방송정책 기능을 미래부로 이관하는데 민주당이 화끈하게 도와 달라합니다.

문제는, 방송정책이 방송사를 장악할 수 있는 핵심수단이며 마음만 먹으면 예수가 사장이라도 권력에 굴복할 수밖에 없는 수단이라는 것입니다. 그래서 방송정책은 최소한의 감시와 견제의 기구인 합의제 위원회 구조를 통해서 심의·의결되어야 한다며 김대중 대통령 집권 시기 이후 10여년의 전통을 가지고 있는 것입니다.

박근혜 정부가 선의를 갖고 방송장악 수단으로 사용하지 않겠다고 해도 시퍼렇게 날이 벼려져 있는 칼을 대통령−장관으로 이어지는 의사결정 라인이 차고 있는 그 자체만으로도 위협입니다.

또한 불편한 보도나 시사프로그램을 접하면 그 방송사를 향해 칼을 들고 싶은 욕망은 인지상정이고요.

그래서 차라리 그 칼을 갖지 않겠다는 것이 선의라 생각합니다. 그것이 독임제 부처 장관 1인에게 두지 않고 합의제 위원회 상임위원 5인에게 지금처럼 지난 14년처럼 두는 게 선의입니다.

# "4년 동안 내가 한 것은 99%의 구걸과 1%의 반항이었다"

임기 종료되는 야당 추천 양문석 방통위 상임위원

"현 정권에서는 방송철학에 따라 판단하기보다는 정치적 이익의 관점에서 보고 있는 것 아니냐는 생각이 든다. 종편을 운영하는 조·중·동·매 4개사는 아침에는 신문으로, 오후와 저녁에는 방송으로 국민들의 정치적 판단을 한쪽으로 몰아가고 있다.

이 과정에서 현 정부와 여당이 가장 혜택을 보는데, 굳이 퇴출을 시키겠나. 여권은 종편이 만약 한 군데라도 퇴출된다면 그 이후 정치적 손해를 어떻게 감당할 것이냐는 시각으로 재승인을 바라보고 있다. 방송의 공공성이나 지역 매체의 생존 문제와 같은 여론의 다양성 문제는 고려의 대상이 되지 않는 게 현 상황이다."

"소수파는 새롭게 뭔가를 만들어낼 수 있는 자리가 아니다. 현재 있는 제도들을 얼마나 지켜낼 수 있는가가 문제다. 합리적이고 상식적인 제도들이 MB 정권과 박근혜 정권 들어 많이 훼손되고 퇴보됐다.

지난 4년 동안 소수파 방통위원으로 내가 한 것은 99%의 구걸과 1%의 반항이었다. 다수파에게 빌고 또 빌고, '나보다 더 독한 놈 오면 좋겠느냐'며 구걸해 온 것이 거의 전부였다.

평론가적인 입장이 있고 이 속에서 직접 싸우는 입장이 있다. 그렇다면 뭐가 정말 싸우는 것인가. 회의장에서 책상을 뒤엎고 위원장 멱살이라도 잡아야 싸우는 거냐,

아니면 빌어서라도 조금이라도 지켜내고, 최악의 안건이 올라오기 전에 조금이라도 내용을 고쳐내는 것이 싸우는 거냐. 나도 밖에 있을 때는 화끈하게 뒤집어엎자는 사람이었지만 그땐 책임질 것이 없었다.

하지만 방통위 안에서는 화끈하게 싸울수록 많이 뺏긴다. 나 혼자 야권 진영의 스타가 되기 위해 화끈하게 가는 것이 맞는 것인가, 전술적으로 비는 한이 있더라도 지금의 가치와 제도를 지키는 게 가능한 한 맞는 것인가."

〈출처:주간경향〉

## 〈세계일보〉 압수수색

있을 수 없는 일이다. 있다면 유신정권과 5공의 부랑아들이나 했던 역사적 과오의 되풀이 일 뿐이다.

언론사가 권력으로부터 압수수색(압색)을 받게 하는 나라는 국격에 신경 쓰지 않은 미개국이다. 지난 10여 년 동안 SBS 〈동아일보〉 등이 압색의 위협을 공권력으로부터 받았지만 노동조합, 기자협회, 시민사회가 이를 저지했던 역사는 보존 계승되어야 할 일이다.

네 편 내 편을 떠나, 이념적 차이를 떠나, 종교적 신념을 떠나 언론의 존재이유는 권력과 자본을 감시하는 것. 특히 권력에 대한 감시기능이 공권력에 의해 저하된 정권치고 실패하지 않은 정권이 없었다. 더불어 정권의 말로가 불행의 늪에 빠져드는 시발점이 언론을 억압하는 일이었음을 최근의 역사가 적나라하게 증언하고 있다.

최근 청와대를 둘러싼 권력암투를 세상에 드러내게 한 증거를 보도한 〈세계일보〉를 향한 검·경의 칼끝은 어불성설. 그 칼끝은 권력의 핵심부를 겨냥해야 할 터. 잘못 짚어도 한참 잘못 짚은, 아주 의도적이고 상습적인 잘못된 겨냥이 또 많은 이들을 좌절케 한다. 저들이 공권력을 쥐고 또다시 권력의 똥개 짓을 매 정권 중반기만 되면 정권의 부패상을 덮기 위해 되풀이 하는 데 대해 어쩔 수 없는 좌절이다.

권력암투를 덮기 위한 의도적 출처 조사 프레임은 더 이상 용서받지 못할 꼼수일 뿐임을 명심해야 할 것이다.

# 언론의 낡은 규범

## - 공정성

박근혜 대통령 지지율이 하락해 30%마저 위태로운 것으로 집계됐다. 재미있는 것은 대통령 지지율 하락을 바라보는 언론의 감정표출이다. 언론사의 제목과 기사를 보면 두 갈래다. 감정적인 표현으로 분류하면, '고소하다'는 쪽과 '안타깝다'는 쪽.

전통적인 여권 성향의 언론들은 당연히 안타까울 터. 야권 성향의 언론들은 고소해 할 터. 특히 신문사의 지면배치와 제목 그리고 기사내용은 확연히 두 감정으로 표출되고 있다.

공정성이라는 언론의 변하지 않아야 할 규범은 아주 오래된 이야기. 낡고 해어진 역할론. 대학의 신문방송학과가 저널리즘의 원칙을 가르칠 때 공정성이라는 규범에 맞는 사례를 찾기가 갈수록 어려워질 듯.

# 종편 보도채널의 시사프로,
# 근본적인 불공정인 패널 구성비 개선해야

최근 들어 극단적인 막말이나 일방적인 정부여당 편향적 패널들이 상당히 줄었습니다. 총선 직후 형성된 여소야대 정국의 영향도 있고 최소한의 공정성을 확보해야 시청률 경쟁에서도 밀리지 않는 요인도 작용했을 겁니다.

하지만 총선 전과 후에도 여전히 변하지 않는 것. 바로 패널 구성 비율입니다. 심각한 편파적 인사의 배제는 박수칠 일입니다. 하지만 정부여당 성향의 패널이 다수를 차지하고 야권성향 또는 진보성향의 패널은 최소한의 구색 맞추기 '양념'처럼 배치하는 것은 근본적인 불공정성을 개선하려는 노력의 부족 또는 부재로 읽힙니다.

더불어 야권성향 시청자들이 여전히 국민의 50%임을 고려한다면 시청자에 대한 예의도 아닐 뿐더러 시청률 제고에도 도움이 되지 않습니다. 언제까지 보수적 시청자로만 종편의 경쟁력을 확보하려 하는 지 의문입니다.

보다 다양한 패널층을 확보하여 보다 풍성한 시사토론과 평론을 제공해야 종편 시청자들의 폭도 넓어지고 시청률도 제고

되며 그 결과 상업적 성공도 기대할 수 있습니다.

2대1, 3대1의 패널 구성비를 1대1, 2대2 구성으로 과감히 전환함으로써 '종합편파방송'이라는 불명예를 극복하고 진정한 '종합편성방송'으로 자리 잡기를 바랍니다.

더불어 30대 젊은 감각과 새로운 시선의 패널 투입도 심각하게 고려하길 기대합니다. 저 포함 50대 이상의 고정관념이 지배적인 패널들과 경쟁하며 시사프로 시청자들도 확장하여 젊은 세대들도 관심을 갖도록 하는 변화가 필요합니다.

정치권을 향한 혁신만 부르짖지 말고 시사프로그램의 혁신도 필요한 때입니다. 고깝게 듣지 말고 출연 중인 패널의 한 사람으로서 고언이라 생각하고 시사 프로그램의 적극적인 혁신을 기대합니다.

# 여전한 지상파의 편파보도질

어제 저녁 종합뉴스를 보면, KBS와 MBC는 더불어민주당의 서영교와 국민의당의 김수민, 박선숙을 묶어 야당의 비리를 보도했다. 하지만 새누리당의 4선 중진 이군현에 대해서는 일절 언급하지 않았다.

KBS는 국민의당 김수민, 박선숙 건과 더불어민주당 서영교 건을 각각 한 꼭지씩 배치했다. MBC는 국민의당 2건, 국민의당과 더불어민주당을 묶어 '줄줄이 사과, 도덕성 논란에 고개숙인 두 야당 대표'를 따로 한 꼭지를 배치했다. 묶어서 정치권을 비판하려면 적어도 새누리당 건도 같이 해야 하고, 심지어 당 지도부가 사과도 하지 않고 쉬쉬하며 구렁이 담 넘어가듯 하는 데 더 강한 비판을 해야 하는 것이 정상이다.

국민의당 김수민, 박선숙을 중앙선관위가 고발할 때 보좌관 월급 상납으로, 역시 중앙선관위가 검찰에 고발한 새누리당 이군현에 대해서는 일절 침묵한 것이다. 보도의 생명은 공정성이고, 공정성을 바탕으로 공신력을 확보한다.

그런데 다른 방송과 언론보다 훨씬 더 엄격해야 할 소위 양대 공영방송 KBS와 MBC의 편파보도질에 대해 이제는 많은 이들이 '그러려니'하고 포기하고 체념하는 상황까지 이르렀다.

상습적 편파보도질에 공영방송 경영진과 보도국 간부들은 이제 저널리즘의 일탈행위가 당연한 듯 여긴다. 그리고 시청자들도 KBS와 MBC의 탈법적 편파보도에 대해서 더 이상 따지려 들지 않는다.